花城年选系列

HUACHENG NIANXUANXILIE

2019中国诗歌年选

徐敬亚 韩庆成 编选

中国文学年度盛宴 人文华夏气象万千

SPM 南方出版传媒 花城出版社

中国·广州

图书在版编目（CIP）数据

2019中国诗歌年选 / 徐敬亚，韩庆成编选. -- 广州：花城出版社，2020.1
（花城年选系列）
ISBN 978-7-5360-9069-9

Ⅰ. ①2… Ⅱ. ①徐… ②韩… Ⅲ. ①诗集－中国－当代 Ⅳ. ①I227

中国版本图书馆CIP数据核字(2019)第277242号

出 版 人：肖延兵
责任编辑：蔡　安　欧阳蘅　李珊珊
技术编辑：薛伟民　凌春梅
封面设计：

书　　名　2019 中国诗歌年选
2019 ZHONGGUO SHIGE NIANXUAN
出版发行　花城出版社
（广州市环市东路水荫路 11 号）
经　　销　全国新华书店
印　　刷　广东新华印刷有限公司
（广东省佛山市南海区盐步河东中心路 23 号）
开　　本　787 毫米 × 1092 毫米　16 开
印　　张　19.25　1 插页
字　　数　320,000 字
版　　次　2020 年 1 月第 1 版　2020 年 1 月第 1 次印刷
定　　价　56.00 元

如发现印装质量问题，请直接与印刷厂联系调换。
购书热线：020－37604658　37602954
花城出版社网站：http://www.fcph.com.cn

目录

吉林卷

辽宁卷

天津卷

内蒙古卷

新疆卷

宁夏卷

青海卷

甘肃卷

陕西卷

西藏卷

四川卷

重庆卷

贵州卷

云南卷

山西卷

河北卷

山东卷

河南卷

安徽卷

江苏卷

上海卷

湖北卷

湖南卷

江西卷

浙江卷

福建卷

广西卷

海南卷

广东卷

诗，第一个越狱者

——序《2019 中国诗歌年选》

_徐敬亚

当我伸出食指，在手机屏幕上轻轻一点，一首诗便立刻飞向全世界。我知道，我们正在经历诗歌史上重大转折的年代。

不会有人告诉我这件事有多么隆重，因为这是人类从未经历过的时代。

无数前辈与祖先们无法懂得：诗，被一个人写出来之后，只需要一秒钟，诗立刻在全天下的范围内获得发表"出版"——每个人手里握着的，相当于引爆诗的核按钮。

细想一下，能够活在一个巨变的年代是挺有趣儿的遭遇。1980 年夏天，没有电话没有微信，我和王小妮怎样从长春一步步找到了北京虎坊路的《诗刊》大院？2019 年夏天我自驾游内蒙古一个月。难以想象在没有电子地图没有导航的年月，当年的司机们怎样把车辆从一条道路开到另一条道路？

当我们站在生活最高的断崖上面，过去年代所有的一切全部像光线一样发生了黑洞扭曲，我们差一点儿就忘记了过去发生的事情。

当年的人怎么写诗？

这个问题似乎使我突然打了一个寒颤——我们这一代可能是最懂得诗歌殿堂威严面孔的一批末班者。

在我刚开始写诗的年代，诗是文豪与才子们的专项……先把诗从乱纸里誊下来，抄在带格的稿纸上，贴上邮票，寄给远方大城市的编辑部。运气如果好，半月若干天后终于等到回音。信封鼓鼓的心里一沉，内中必定是退稿。最可喜的是一张薄薄的来稿采用通知单——那是经过了诗歌责编、编辑部主任、总编三审之后的中举。如能收到编辑老爷的亲笔回信则如同天降甘霖。更多的皓首穷经的无名者们所等到的，只能是杳无音讯的泥牛入海……1980年的《诗刊》每天收到的稿件可以装一整麻袋……忽然想起，当年有一种东西叫复写纸，上面刷了显色剂，有蓝黑红三种颜色，把它夹垫在稿纸下面一层或几层，一次书写可以得到两至几份诗稿。层数多了，自然难以力透纸背，因此捏笔的手又红又疼。时至今日，我左手食指的最末关节上仍有一个因久握笔而形成的小厚肉包，如同老兵肩上扛枪留下的磨茧。最后的记忆是1988年海子寄给我的自选诗，仍是用复写纸垫写的。

在铁幕文化年代，由铅铸活字印刷而产生的油墨印痕，全部属于国家。一生中能把自己的名字变成铅字者，在这么大的国家里实属凤毛麟角、寥若残星。

捆绑诗的，正是严苛的审查制度。这制度已有几百年的历史。

最早的诗，难道不是人类与神之间的对话通道么？当众人匍匐，仰面通天的那位大祭司，正是我们今天意义上的诗人。那时的诗，不是神圣而自由么？之后，诗进入漫长的民间流浪史。那时的诗不是没有审查么，在口与耳的交接中，在笔与纸的传抄中，一首一首地如草木般原生态地流传下来。

诗的层层关卡，始于西方文明中的报刊审查制度。

从15世纪威尼斯的手抄报纸开始，一直到现代印刷术的发明——诗，也像其它文字载体一样，默默服从着人类近代报刊一整套的查验过滤体系。也就是说，一个人写出来的诗，如果想被大众阅读，必须以送交诗歌殿堂层层审查为前提。

幸运的是，我们这一代亲眼看到了这个威严殿堂的一层层坍塌。

诗歌的第一次解放，从铅字殿堂遭受戏弄开始。

40年前，无数油印的民间社团刊物，打破了层层审查的壁垒，以自写、自编、自印、自由发行的方式，开启了上世纪八十年代诗歌自拉自唱的自由之风。那是一个诗人们格外年轻的年代，那是一个心脏跳得格外放肆的年代。带着一种越狱般的心悸，走投无路的草莽诗人们，推着油滚儿，斗胆与整个国家印刷机器并列而存！小小的分庭抗礼，足以令权威们尴尬：正好像忽然某一天，万古唯一的殿堂旁竟然冒出无数小殿堂。人们突然把供品分别拿回了家并摆到自己眼前，而把巨大的泥塑金身晾在了一边。

那些年，远远地看，中国诗歌不过是两堆夸张的物品：一堆铁青着脸的铅字，一摊恣意流淌的油墨。

这是人类历史上最大规模的“反印刷术”逆行，也是我此生经历的最荒唐反差。

当年，正值最现代的柯式印刷从港台传入祖国大陆。飞速旋转的二手货的海德堡四色胶印机正一台台越过国境进入大陆市场……恰此之际，最古老的蜡纸、钢板、油墨却在这个国度一笔一画地愉快地呻吟着狂舞……可以说，重获自由、翅膀上沾满油墨的诗，完成了一次脱离铅字的笨拙叛逃。在诗歌形体上，它以最原始的方式进行了一次最现代的裸奔。从此，铅字开始摇晃，殿堂龟裂，权威们脸上挂满了茫然与不甘。我不知道诗在各民族是否有此奇特遭遇。我只是知道，天性羸弱、忧郁的诗，从此在中国生成了一种散漫、粗野、满不在乎的独立性格。

诗的第二次解脱，是一次大规模的诗歌集体暴动。以1986年两报诗歌大展为代表的第三代诗人崛起突围，使诗以火山喷发的姿态冲破了国家的出版体系。从未来学的角度，我对它的定性是：提前20年做了一次大型的“诗歌网页”。

“个人写作”，是上世纪九十年代现代诗人圈子里最响亮的流行语。而在今天，这4个汉字，只是一句愚蠢的脑残废话。后代人无法理解的，肯定不是万世不变的“个人”二字，而是隐藏在背后那个强大的“集体”。由几十年机制培育的集体诗歌意识，一直柔软地吸附在丰腴的国家机器上，无数身着制服者，威严耸立。在当年，如果声称“个人写作”，意味着你属于一心脱离集体的可怕的个人主义者。

个人写作权的自立，使中国现代诗完成了向本体回归的第三次解放。

正当其时，电子信号不失时机地侵入了中国人的生活与写作。王码五笔的出现，神奇地化解了汉语与计算机的铁壁对垒。当诗以每一个偏旁部首和拼音字母的方式，进入诗人的电脑屏幕，所有的诗在完成之际便已显现出了昔日“发表”的庄严体态。

对于以方块文字为生的汉人，这种赏心悦目相当重要。

电子化时代的来临，终止了多少代中国人对于铅字的渴望。诗的孤芳自赏，在电脑年代实现了最低成本的建筑美学显示。有一句话，可以成为个人写作年代的经典记忆。那是东北诗歌好汉邵春光的一句雷人之语，它被写在九十年代邵的自印诗集扉页上：谁发表我的诗，我日他祖宗！

假如变成人，诗一定是个敏感、多疑、乖戾而忧郁的神经质女子。她常常以最灵敏的嗅觉捕捉到时代发出的天气预报一样的气息。

我们这一代曾亲眼看到：自上世纪八十年代以来，诗当仁不让地充当了中国文化的第一只公鸡。从古典启蒙到现代意识，乃至后现代的解构，诗几乎一步步领率了整个文化系统。往往是诗最先走出了一步，而后逐步覆盖到整个文学、音乐、绘画等艺术精神领域。

1999年新旧世纪之交，成为中国网络诗歌的元年。挣扎在日常生活泥淖中日渐式微的诗，忽然借助了网络的神力。诗歌与网络——这两个天下最自由的元素相遇，发出了耀眼的弧光。诗，再次更大面积泛滥。

我找到了一个当年的数据，至2005年全国诗歌站点超过300个，网络诗的年产量近200万首。这一数量是《全唐诗》的40倍，也是纸介诗歌年产量的40倍（据陈仲义2006年统计）。2018年底，仅中国诗歌流派网一家网站的注册会员即达28万诗人之多。而据前不久举行的“中国网络诗歌20年纪念会”估算，中国20年来的网络诗歌发表量已超过百年新诗的总和。

诗歌最散漫最松弛的时刻，恰恰来临于并不松弛的年代。

当下，社会正在全面进入虚拟化年代，甚至可以说这是一个令人恐怖的年代。虚无缥缈的信息从来没有像今天这样爆发。这是一个消息多于事实的年代、一个像素多于面孔的年代、一个点赞多于阅读的年代。然而只有诗满面笑容。面对着碎片化、平面化、空心化的高速生活，在几乎所有的人、所有社会因子都在吃力地匍匐追赶之际，诗反而迎风飞起！

在网络上，在微博中，在手机里，在微信群，诗不仅是在复活，而是像发情的魔鬼一样开始疯狂繁殖。

2008年第三代移动通信3G在中国启动，使这一年成为手机终端的历史元年——对于诗，这是意义更加重大的一步。一个仿佛为盲人配备的私人手电筒般的呼唤型实用科技，对于诗人来说，却更像是为每个人装备的一部私人的诗歌电台。

诗，来神儿了。

没想到，诗歌的弹跳空间被3G打开了。近10年来，现代诗在微博，特别是微信范畴，达到了出神入化的程度。诗，甚至突破了文学体裁上的完整概念，化作了更微小的粉末，在每一个巧妙句子与另类词语的妖娆诱惑中，诗一点一滴地向公众的日常经验领域渗透。有人夸张地说，在手机年代，连不苟言笑的公务员们的微信文字中也出现了诗意。

在传统的三大文学体裁的框架中，诗与小说、散文一起，并称文学三兄弟。可惜的是，小说与散文并没有因为网络与手机的兴起而受益。相反，令小说家们难堪的是，越来越多的民间段子手们的智慧，无情地碾压着文豪们的冥思苦想。以至于人们在二三流小说家的新作中不断看到改头换面的民间“段子”与网络“金句”。而散文则向着片断化、个人化的方向发展。个人情感的需求，使散文的非虚构化倾向越来越强烈。

自上世纪八十年代以来，人们一直认为诗歌的活力被高估了。

现在看，诗歌内在的本质潜力，远远被低估了。

所有的文学体裁，在手机终端的屏幕前都受到了时空的挤压与排斥，只有诗不退反进。

诗那灵光一现的神态，针尖与匕首的性格，以及短小、湿润、光滑的身段，如此应合人类越来越快速的生活。诗人，永不会向民间的段子手们投降。诗人们的智力空间与世俗的趣味，永远属于两类不同的精神维度。

这有点儿像100年前的卡夫卡，外部世界的公共讯息越是挤压个人经验，诗人越需要用柔软的文字与坚硬的世界对峙。这就是为什么越来越多的年轻人无功利地走向诗，不可抑制地甚至是秘密地写着诗。他们需要的是，是一种生命意义上的求助，他们只是希望让诗成为一个卑微者自我飞翔的另一对翅膀，成为渺小个体自我安慰、自我抒发的另一类自由的天地。

这也是为什么在诗一文不值的今天，诗人不是越来越少而是越来越多的原因。可以说——诗，已经成为现代人自我救赎的一种现代巫术。

走过了几千年，诗才最终跨过了这道自由之门。

从远古时代通神的祭司，到别林斯基所说的“社会的家庭教师”。从引路的旗帜、战斗的号角，到神经，到匕首。从朦胧诗到下半身到垃圾废话……诗，如一条穿越峡谷后注入宽阔三角洲的大河，它金黄喇叭口正张开无限延伸的双臂。在不知不觉中，诗隐入了人们的日常生活，如同在最低的海平面上，河流与海洋注定发生着的终极混淆……冲过一座座殿堂，诗最后稳稳地端坐于每一个人手机屏幕。食指的轻轻一点，成为诗歌最新的另一扇随意出版与发表的大门。

自由发表，成为诗歌越狱的标志。

人类小小的手指，从来没有如此意义重大。当每一根食指上那一小片微微凸起的鲜红皮肤化为诗的一条又一条最窄的小路，这条路的终端就是最后的没有声响的解放。

越狱后的诗，在三个方面可能溢出人类文明的界限：

第一，诗有可能第一个从人类固有的传播体系中分离出来。即诗以粉末状态进入自媒体的毛细血管。当每个人都握着诗的终审按钮时，诗便从个人自由写作的起点回到个人自由发表的终点。

第二，诗可能会从传统的文学体裁中分离出来。诗不再是"小说、诗、散文"这三位一体的文学三同胞中的一员。诗将溢出一般意义上的文学框架，成为现代人自我放飞自我救赎的最便捷的一种生命的形态。从生命方式的角度，我有一个夸张的表述："诗大于文学"。

第三，在若干年后，诗可能从人工智能所能侵入的领域中分离出来。由于诗是人类意识中最难取代的无规则精神活动，因此诗很有可能成为人类有别于高级人工智能的最后一道分界线。

或许我们仍然会在天堂与地狱之间久久徘徊，至少我们今天仍然需要编辑一本国家的《年度诗选》。

或许，终有一天，诗人们纷纷失去了公开发表诗歌的功能与欲望。或许某一年，编辑《中国年度诗选》成为一件头疼的事情。或许"未来"摇身一变成为"远古"，由朝廷设立乐府，派遣小吏寻诗采风……幸好在今天，普天之下我们还有那么多没有忘记自己是诗人的朋友，幸好他们还能记得清这一年里一个人写了什么代表之作。

或许终有一天，大诗人们将全部消失，孤芳自赏成为文学的时代主潮。

像前面所说，写这篇序言时，我刚刚与朋友们一起自驾了"横穿内蒙"的一万多公里行程。在长白山脉，我还能看见一棵又一棵悬挂着大红布条、供人观赏的"红松王"。而在大小兴安岭，我却只能看见"八七大火"后满山的新森林。它们一丛丛一片片，整齐划一，无分高低，从一个山头连向另一座山头。向西，在苍茫的草原上，只有连天的牧草。再向西，只有穹庐与戈壁……在最后一天的10月2号，当我把超级微距对准库布齐沙漠一角时，眼前的影像令人大骇：天呐，每一粒沙子都是一颗晶莹剔透的宝石！

2019年10月6日于北京
11月改定

春天在后面

_安琪

我又一次来到宋庄
熟悉的口哨、小巷，星星一样密集的灵感
你看
喝醉的人悲伤的人
狂欢的人构成这个下午的局部
我伪装成一首歌混进霓虹闪烁
的新年现场
新年了
宋庄，你好吗
你好吗？为什么我这么喜欢你
我是喜欢你的颓废
还是喜欢你的激情。我是喜欢你的
瞬息万变的情感还是喜欢你
今天不知明天在哪里的生活？
孩子们都有清澈的笑容
宋庄的孩子
总是比别处更美更艺术

亲爱的朋友
你抱着孩子站在那里
你给了他/她一个宋庄的今天
请你再给他/她一个宋庄的明天！

（原载《天津文学》2019 年第 3 期）

春天，被废弃的铁路

_ 北塔

春天来了，我却已长不出花朵
到你的枝头去绽放
第一批桃花谢了，第二批跟着开了
而我的花朵被永远锁进了昨天的抽屉

尽管石子宁愿在重压下碎裂
新的列车已不可能再驶上我的旧路
我的铁轨已生锈，我的枕木已朽烂
春天来了，我却已派不出火车
到你的月台上去跟月亮一起鸣泣

（原载《旅伴》2019 年第 7 期）

喜鹊的等待里尽是白云

——写给和顺牛郎织女之乡

_大卫

我坚信：岩石也有一颗波浪的心
爱遇上了爱
人间的所有离愁
拿牛郎不能除尽
拿织女也不能除尽

我坚信：喜鹊的等待里尽是白云
风，在七月初七这一天是有重量的
玉米地里的风，大约八两
柿子树上的风，大约半斤
葡萄架上的葡萄，是未被用旧的星辰

我坚信：世间所有美好
除了爱，还有别的
但我只愿活得小一些，轻一些
自私一些

余生，我只想活出我身体里
最像人的一部分
——把拥抱给你

——把赞美给神

（原载《诗日历》微信公众号 2019 年 9 月 12 日）

雪

_李浩

雪花从空中飘来，落在我的脸上，
安静地融化。从雪花飘落的
寂静里，我触摸到了雪的孤独。
我站在雪中，将自己雕成时间的雪人。
我站在雪中，阻止大雪把你深埋。
你知道的，“这一切，是那么多余，
多余的，叫人相信死。”可是，
我还是迷信爱。我孤身一人走到
夜晚的尽头，这路程多像森林

（原载《芳草》2019 年第 1 期）

涅瓦河上

_ 刘剑

在圣彼得堡，没有什么比在涅瓦河上更令人惬意的地方
游船会贯穿我们的身体，而身体会涌出粼粼波光，浓郁如
海神柱燃起的火焰
它能够把快乐掷向不太遥远的芬兰湾，我们的脸比河面
光亮
淡淡的雾气中，河水如黑绸缎般地延伸
用饱经磨难的边角塑造出两岸众多的教堂和岛屿以及彼得
大帝的骑士像
兔子岛上的要塞曾经变成水牢
囚禁过要犯　囚禁过太子阿列克谢
洪水也曾淹没过这里，我变成一朵空中的白云，环绕一片
被风吹皱的桅杆
仿佛梦中也曾见过你，但并未喊出你的名字——
阿赫玛托娃的河流

（原载《诗歌月刊》2019 年第 3 期）

直行；转向

_陆健

交警。中州路街心岛上。英姿挺拔
手势：直行，转向，减速，靠边停

直行，向东是东关，向东是
商城郑州，汴京——如今叫开封
他指尖朝西，王城公园，谷水街方向
向西咸阳，西安。兵马俑眼睛红肿
也许转弯，就在几十米外的路口

向东而北，殷墟安阳，龟背牛胛骨
北京祈年殿；向东而南
南京中华门；杭州西湖楼外楼
中小学生的三角尺，连接两点
的直线，或地面与卫星的夹角
一部中国史试卷，徐徐展开
通往中亚，纠缠舌头的地名
莫斯科，伦敦，巴黎，悉尼歌剧院的
贝壳，百万华裔聚居的加利福尼亚

学业，护照，海关。谋生之路的
导航与驾驶。人伦和道德
法律，安全，界限。都躲不了

一场让人夹紧双腿的交规考试

（原载《中国作家》2019 年第 8 期）

当——

_南人

钥匙
一不小心
碰了一下铁栅栏
当——
它发出一声
清脆的回响

那一刻
我发现
不锈钢也是液体的
并且
深不见底

（原载《诗江湖》微信公众号 2019 年 7 月 4 日）

伊雷木湖

_ 汪剑钊

到了秋天，湖水已经很凉，
虽说尚有夏天的余温，
从车窗向外看去，一轮血红的夕阳
撞击着戈壁滩上的砾石，
不免为人生感慨，不免
恣意联想，想象伊雷木的内心多么寂寞，
堪比沙漠中的一棵绿玉树。

远眺，黛色的岬角阻挡了视线，
唯有白杨的羽毛在闪烁，
我听见簌簌的苇草在低语：
伊雷木，伊雷木实际是一个美的旋涡，
储存了一亿年的眼泪，
可以把阿尔泰山冲刷成平原，
湖底的钻石将点燃一座隐性的火山。

一只野鸭在水面凫游，
划动双蹼，打捞星星碎片似的波光；
湖边的山羊发出咩咩的叫声。
伊雷木，来不及与你握手告别，
捡一块石头揣在怀中，
我相信，风带走的一切，

雨必定会还给它。

（原载《诗刊》2019 年第 9 期）

命名

_ 魏欣然

你将草叶叫作有脉搏的绿
你把秋风吹过的一切
都叫作：剩下的

你把圆与不圆的叫作月亮
你把爱情叫作偏旁
世间万物依然被你多次忽略
但是有些光线，你却不能
一笔带过

我尝试做出拥抱的样子
去接近世界。就像花落水面
被月光承接
而月光和水互不纠缠
轻轻地碰了一下
又倏地散开

活在万物之中，你是清醒的
比如——爱情不是两个人，而是

两个人的统称，你曾经把日子
叫作“现在”，而在之前

你一直把喜欢的一切
叫作“后来”——

（原载《扬子江诗刊》2019 年第 1 期）

自然主义诗篇

_ 潇潇

真的很糟糕
在一个又一个城市
蜻蜓点水，研讨开会
在一个又一个城市
排排坐，吃果果
领取一些
自欺欺人的裙带奖杯

把长白山
葱葱郁郁的诗意
全部搞丢了
半死不活的句子
鬼画桃符

而那里，每一片叶子
每一颗野草，每一粒榛果
每一只小昆虫
或者阳光中的小尘埃
轻轻一动
就是一首让人心跳的诗

（原载《女诗人头条》2019年3月24日）

白露

_雁西

仿佛是一位
女神的名字，白色的
露珠
晶莹剔透，在深夜，在太阳出来之前

时间很短
她活过，精彩，无悔地
活过，在大海中，也可以找到她

她也是万物的声音
与呼吸
经过初春的萌动，与仲夏的冲动

进入节令的值日

这一天，羞蝉悄悄和弦，一切融入
霜色之中

收获，丰盈，低调
也如经历一场最美的爱情

（原载《诗坛四公子》微信公众号2019年9月9日）

雪的榜样入门

_臧棣

下着，下着，雪就把天使下没了；
下着，下着，雪就把自己下成了大师；
你也有人生的苦恼，为什么不把它变成铅灰色的雪云？
你也经历过人世的阴冷，为什么还要忽略雪的榜样？
那样的高度从来就不缺乏，跳吧，跳吧。
跳着，跳着，你就会撞上
被雪弄丢了的天使。跳吧，跳吧。
跳着，跳着，你的轻盈会胜过一个大师，
把你重新塑造成就连雪白的精灵
都差点没认出来的归家的人。

（原载《长江文艺》2019年第7期）

饭店

_周瑟瑟

竹篾圆盘
挂在屋檐下
那是农家
晾晒食物用的器物
上书：饭店
一个中年男人
坐在竹椅上
他身边一排竹椅
磨得发亮
屋顶的瓦片乌黑
那是这个村子最整齐的东西
不见厨房和饭桌
只有一块圆匾招牌
一个男人与他寂静的下午
我微微惊讶
但马上适应
我适应了饭店之外的青山
那是我最想吃掉的
蹲在溪水里的鸭子
它们一直蹲着
青山上的白云我必吃无疑
那个男人他只须坐在这里

我经过他的饭店
墙上挂了一面镜子
镜子下有一个洗手池
我照了照镜子
镜子里的人油光闪亮
却是一个清淡的食客

（原载《山西文学》2019 年第 8 期）

行止

_安海茵

这无尽的海浪犹如田野
深黛色的暗影尽是迷幻的气质
时而葆有水滴的克制
即便是秋天
田野分装进金黄的芳香
也永不能占领波涛的巅峰
只是“以他的给予照耀一生”

被遗忘在海滩上的回答
是年轻岁月里那蒙昧的灵魂
局部的雨　贝壳软体
藻类有时招摇有时又躲藏
而此刻　与参差披拂的浓荫啮合精准
个中滋味藏匿于离岸的内核

暮年时期的浪子在返乡途中
一再地耽于拥堵的车厢　又

一再地仓促奔跑
这回翔的行旅宛如无尽的海浪
将沉寂的礁石一一披斩
飓风般争掠 而后速朽

（原载《星星》2019 年第 8 期）

他对我说起植物的生死

_ 吉庆

那天下午，他突然对我说起植物的生死。
当时我们正坐在创意园咖啡馆门前的雨棚下避雨，
雨越下越大，雨滴斜斜地砸进路边的水洼里，
水面上的那些枯叶张开着，像鼓面，被反复敲打。
他看着这些落叶，对我说，这里的植物
和北方家乡的植物是不一样的，没有季节作为预兆，
生和死没有了界限，混杂在了一起。所以你要警惕，
不要总看那些树上的叶子，它们会和街上的年轻人一样，
绿油油的，像打了蜡，永远新鲜，会让你误以为
这世上只有生机，而不再有疾病的折磨、衰老和死亡。

（原载《延河》2019 年第 3 期）

乡村雪夜

_ 梁潇霏

我欢喜细小的霰雪，
撞击在脸上的微凉。

在夜晚，沿乡下的土路散步，
雪，又像星星的野孩子，
无拘无束地到处乱跑。

多么寂静啊！
只听到一只马铃铛在风中
摇动的脆响。

远处村庄
亮着几盏灯火，
每个人在雪天都有一个家——

一棵开满梨花的树，
黄金的月亮下，
雪的白银铺在院子里。

（原载《诗林》2019 年第 4 期）

更小的生活

_桑克

快乐并不难找，
咖啡，可乐，似是而非的相声，
而烟被冷落如同国际象棋。
没人注意惊恐的时间
正从一篇文章的地基之中冒出来，
带着牙缝的血沫，啤酒和榴莲。
夫妻们郑重地握手，庆幸
共同的世界观。

（原载《新华文摘》2019 年第 8 期）

这一生遇到过的河流

_水子

“这一生遇到过的河流
还会以另一种方式再见”

还有什么周而复始的安静
代替肉身自醒
我确信老水车是一只头羊

橘子花倒映在河面
就变成了星星点点的河水
慢慢消耗掉玻璃内部
重要的东西

我仿佛在河中，也流淌了一遍
除了飞远的油菜花
没有什么，不是液态的
没有什么，未被古老的技法
轻轻弹拨

（原载《中华文学》2019 年第 3 期）

静物

_ 杨河山

一个玻璃水杯。
一束插在弧形玻璃器皿中的粉色的花。
六只，或七只雏菊。
一个丝线编织的五角星。
（五角形的编织物）
一罐冰激凌。
一本卡洛斯·德鲁蒙德·德·安德拉德诗集。
我在凯德广场这个冰激凌店
度过了很长时间。
一个人，坐在临街倾斜的红钢架子下。
我也是一个静物。
相对静止，但其实始终运动。
因为我注视着面前的这些静物，
我便与它们同在：
我是一个水杯，因为我看见了它。
我读诗，仿佛弧形玻璃器皿中绽放的粉色的花。
我是丝编五角星。
此刻我的灵魂光芒闪烁。
我是倾斜着红色钢架的冰激凌店。
这个夜晚，暮色中的城市，
诗是不是必须具有什么特别的意义？

（原载《诗林》2019 年第 3 期）

白鹭记

_杨勇

停在绿树上，停在一朵雪花里，
远观它化作剪纸，敛翅面对大海。
它看海，或许看海的边际线。我看它，
它刚刚平息了一场台风，用一截断枝
用被吹散的沙滩和碎掉玻璃窗的海景房。

这云中锦书，它来自夏季北方大平原，
油绿的稻田间，来自我的另一副躯体。
那少年把它误识为一朵闲云，
它有醉翁之意，在沼泽地的鱼群中停泊。
它把我引向仰望，当我两脚淤泥。

它飞翔在水墨画里，用飞矢不动的姿态，
保护着宁静之美。在温州乐清，它披挂道袍，
任逍遥。我还是追上它，在火炬树上
它躲过台风，而我们错过云泥之后相逢。
看，被看，我们各自用尽了露馅的时光。

（原载《草堂》2019 年第 7 期）

低声

_ 左远红

我睡不着是因为一只羊
它走过了沐风栉雨的日子
如今，它常在河边走
吃着青草，晒着太阳
偶尔，也去拨弄拨弄野花
闻闻它们的香味儿。它和
另外一只仪式感较强的羊
常年相守，它们时常怀念
被清水洗濯的样子。那时
河流清澈，阳光白得像一件
披在身上的轻纱。这时
它们会感怀一下羊羔跪乳
会在水边满足地唱一首歌
实际上，它是一只散漫的羊
不肯守约的羊。它从没养成
仰望或敬畏的习惯。更谈不上
与牧人说说话，交交心
它沿袭着高龄山羊固有的性情
一味自我欣赏，一味骄傲
我睡不着时，就暂时放弃那只羊
转过脸，伏下身，安静心灵
我再说话时，必须低声。因为

我知道，我实在无力，实在渺小

（原载《诗潮》2019年第2期）

坐在一捆稻子上

_曹景常

坐在一捆稻子上
就一下子　坠入一片米饭的芳香

坐在一捆稻子上
我瞬间就抵达了秋天的梦乡

坐在一捆稻子上
我忽然就回到了童年的稻田
忽然就看到了母亲插秧时
浑身散发出的专注而圣洁的光芒

坐在一捆稻子上
我耳边传来我打工城市米价跌与涨
街巷间收大米的吆喝声
破空而来　接下来
便是滚在市民舌头上的
沉米的加工与抛光

坐在一捆稻子上
关于战争与饥荒的新闻
让身下的这捆稻子
每一颗沉甸甸稻穗
都有了前所未有的重量

坐在一捆稻子上
我好像一下又回到了
城市的脚手架上
那一点点垒砌和建设
生活和梦想的时光
而一旦回到那高高的脚手架上
偶尔坐下抽颗烟时
我又好像坐在一捆稻子上……

（原载《天津诗人》2019 年秋季号）

阵雨

_ 尘轩

下雨的时辰，我不反对
下在昨天也可，下在明天也成
下在梦或记忆里，都合时宜
雨水拍打我，我却化不成泥水的样貌
这或许与内心反对潮湿有关

一定有什么和雨一起飘落下来
空气磨擦，发出或微或烈的声音
有些是经验中的，有些不是
有些声音是雨水无法淋湿的
譬如川端康成笔下雨声里夹杂着落叶的声音
他坐在东京的一处居所
我坐在长春的一间画室
七十载，雨下下停停
他在雨水里想念朋友，孤独是真实的
而孤独，却是我的一种缺失

雨在古代下一阵，而今又下一阵
两阵雨，是被文字衔接起来的旧事
写过的雨，一场比一场沉重
有些事物或声音，再次同雨飘落
雨声裹着风声，风声裹着落叶声
落叶声托着燕雀的呢喃
团着女人的啜泣与婴孩的嬉笑
一阵马蹄声
一阵枪炮声
一阵读书声
……
或横或斜，和雨声保持垂直

阵雨初歇，我为何又听不见这些声音？

（原载《草堂》2019年第7期）

午餐记

_董辑

昨天早上焖的米饭
还剩一些，尝一尝
新鲜，只是有点过干了；
父亲给的冻干豆腐
用水煮开，尝一尝
也很新鲜；
那么有了，午餐
是一件多么简单而且惬意的事情啊
茶水泡饭
酱、切碎的洋葱，和干豆腐拌在一起
味道不差，我想
营养也未必很差

当然不止这些，还有
阳光，满满一屋子
用心灵慢慢嚼，特别香
蓝天，高远的透明的
可以用遥望啜饮
可以解决，灵魂中所有的干渴
以及寂寞，以及遐想，以及若有若无的
忧郁
都是可以食用的东西啊

都是灵魂必需的营养品

午餐的时候，我看见
楼下草地上的积雪
已经融化
很快，绿色就会回来
回来，把生命凯旋的小旗
高高举起

（原载《站在眼前的光》，时代文艺出版社 2019 年 5 月第 1 版）

去北京然后又回长春

_ 董轩宇

去时坐在窗边
车窗太小，梦太大
速度翻乱了景色
空调锋利的冷气
为我的胡思乱想，反复降温
记忆的喧嚣中，传来了
遥远的梦呓？
醒时阅读，倦时昏睡
北京，梦要去变成现实

归途依旧坐在窗边
车窗太大，梦太小

黑夜将一切藏到黑里
心灯为什么总是要去照亮
乌有之乡？
醒时阅读，倦时昏睡
反复算反复错的
是一道生命的选择题
长春，梦还没有标准答案

（原载《草原》2019 年第 5 期）

顶针

_ 曲有源

顶针虽然不能
和戒指相比
但它

纳成的鞋底
却是大丈夫
顶天立地的基础

（原载《春风文艺》2019 年第 5 期）

那一刻

_王法

夕阳在大片的云彩后面
燃起熊熊烈火

一位年轻的妈妈站在空旷的广场上
怀里的婴儿在尖声啼哭

一群雪白的鸽子凌空掠过 鸽哨嘹亮
那是一块自由的领空

鸽群转弯的瞬间 烈焰
烧红了那些洁白的羽毛

不知明天
会是一个怎样的天气

（原载《诗潮》2019 年第 4 期）

南岭子的沧桑

_语艳

南岭子后面有一片荒地
荒地里有坟，一座连着一座
那些生命的句号
画得一点也不圆，也不规整
句号前面的文章，早就被风翻乱
无人知晓，无人记得，无人回顾

南岭子附近的人，不叫它墓园
叫它坟地。墓园要有整齐列队的墓碑
深沉忧郁的花束……
南岭子这片荒地里
只有野草，野花，和夏日的太阳
只有蝴蝶，虫鸣，以及月圆月缺
只有莫名的恐惧
让少年的我，一连几夜从梦中惊醒

南岭子后边荒地里的坟
一年比一年矮了下去
矮过村庄，矮过行人，矮过田垄，甚至
矮过恐惧
田垄上又长出了新一季的庄稼
村庄里已经没有老房子了

行人们永远匆匆忙忙
秋天，机器把田地剃成秃子
春天，新翻出的黑土蓬松而滋润
那天回老家，有人告诉我：
这一片要占地了
我想的却是：
坟地，会成为哪一座大楼的地基？

（原载《太阳阁》2019年9月总第1期）

路

_宫白云

“这个世界上，有一条路是别人不能走的，
那就是内心。”
它孤悬于海底
与铁锚，沉船，鲨鱼，头盖骨及一切灵隐之物
为邻
它们曾与我共谋黑夜里的太阳

那发着光的脑海，未知的谜
天亮时，一只鱼从神经元里游出
把清晨的脚拿走

（原载《作品》2019 年第 5 期）

余生

_辽东天籁

一阵风吹过来
又吹过去，多么简单
没人细读它的深意
我在院里磨镰
那些枯黄的庄稼还不知道
它们将因成熟而迎来死亡
能开的花还在拼命开
丝毫不在意几步之外的冬季
冬天里我的睡眠开始减少
夜就愈发的长，有时
下起大雪，我会秉烛靠近窗口
光芒从黑暗内部向外蔓延
我的身影拉长了寂静
烛泪像是些旧事
不断重演流淌与凝固的过程
窗外那些纷飞之物
看起来只是密麻麻降落的黑点
而我知道它们其实很白，白得
如同燃烧过后
干净的灰烬

（原载《诗歌周刊》2019 年 8 月总第 371 期）

东郊歌手

_林雪

驻唱男歌手唱着《遇见》，脸上浮现出
地铁和人海。他模仿得有点过火
却尚未完全沉浸
用八分之三的孙燕姿敷衍。另外的八分之五
是他自己在旁白。他身后中央大街
鱼骨辐射出扇形通向酒吧、影院、画廊
通向每种艺术的地方主义
他站在阴角，象征合围或怀抱
一大块工业被圈入边框
他臂上刺青狂野，墙上 LOGO 彪悍
但都已被时间驯化
他偶尔停顿如背后的雕塑
但很快又弹拨金属的教义
木音箱负责共鸣出情感，偶尔有小甜蜜
但同时使他迷途，仿佛在质问
长日易逝，需要重新填注的心气儿
江山多娇，如果不多一个良宵
又成何体统？他们围成一圈听他继续唱
把一个异乡留在里面却与乡愁隔开
那首《留在成都》已进入副歌
当他唱“常去的小吃店，陌生人的笑脸……”
他有一种茫然不能自释的神情

音乐调到单曲循环模式
在头羊的游牧精神中催眠
我们像穿针一样被引进廊道
《青年旅行指南》首部曲说
旅行才是正经事。这等于说
从 82 号信箱来到 106 号信箱
如同革命和真理。如同梦幻中
被卷入伟大的事情
随后我们在一个响亮的琶音中惊醒四顾
这一份群氓之爱已被艺术纳降
这一副心灵和头脑虽依然私密
却可以在余下的岁月容身

（原载《诗歌月刊》2019 年第 4 期）

在孤独的大城市里看月亮

_ 刘川

月亮上也没有
我的亲戚朋友
我为什么
一遍遍看它

月亮上也没有
你的家人眷属

你为什么
也一遍遍看它

一次，我和一个仇家
打过了架
我看月亮时
发现他
也在看月亮

我心里的仇恨
一下子就全没了

（原载《诗草堂》微信公众号 2019 年 8 月 28 日）

我们就在这片琥珀绿的海域中一起诞生

——给女儿苏笑嫣

_ 娜仁琪琪格

海水是绿色的　琥珀的绿　推涌着
一波又一波雪白的浪花
这是我见过的最简单　最烂漫的笑
是一个婴儿的笑　孩童的笑　纯净剔透的少女的笑
这笑是多么干净　多么纯粹
又是多么美
让你想去触摸　亲吻　拥抱

这是我见过的最温和的笑
是母亲面对孩子的笑　是菩萨面对众生的笑
是佛陀的慈悲　是光　是无量无边的爱
它拥有宇宙万物汇聚在一起的能量
宽容　博大——
因获得真知而泰然自若

孩子　我们坐在温软细润的白色沙滩上
抑或在海水中踏浪　游泳　那些碧波推涌着我们
载着沉浮与欢愉
温婉的漾动　让我再次想到　母亲的宫房
它温情　轻软　托举着　滋生着
女儿　在遥远如梦的太平洋　在异域的凝眸里
我们就在这片琥珀绿的海域中
一起诞生
太阳慢慢西斜　倾洒光芒　满天的霞彩
瑰丽纷呈

亲爱的女儿　你看　你看
人生就是这样　有着无数次的诞生

（原载《诗林》2019 年第 4 期）

广场上的麻雀

_ 宁明

辽阔的广场把一群麻雀
挤压得更加渺小
它们在草坪上跳动的高度
远看，像草根一样低矮

一辈子灰头土脸的麻雀
在光天化日之下，显得更黑
麻雀们聚集的时候
可用黑压压一片来形容

麻雀表达自己的诉求时
总是习惯叽叽喳喳
它们甚至推选不出一只
嗓门儿更洪亮的麻雀
派作自己的代表

旁观的旗杆，即使靠麻雀很近
也很难听懂它们的声音
我隔窗断定，麻雀们激动的样子
不是忘情于眼前的风景
而是缘于觅食中难忍的饥饿

（原载《诗潮》2019 年第 2 期）

状如群山的沉思

_佟子婴

等待沉思汇入群山。
它们会一直向上生长，接近星辰，并因此让我忘掉自身。
月光为群山披上甲胄，夜空深沉，黑暗自高处俯瞰着我：一粒尘埃。
天穹浩渺而沉默，犹如深渊，依从万物的“自我”从其间发出声音。
这恐惧与狂喜交织的生命，用原始的痛苦和矛盾构筑梦境。
——人，生而孤独，又梦而不醒。

（原载《诗选刊》2019年第9期）

期待与无明

_朵渔

“你知道地狱里的魔鬼是怎样折磨灵魂的吗?”
“我不知道。”
“他让它们期待着。”
——荣格《尤利西斯：一段独白》

那么，贪欲是何时被植入
我们体内的？仿佛我们内心
巨大的坑洞，永远填不满
一种结构般的无明已在
我们身上发生，更窒息，更黏稠
在岌岌可危的境况里
我们仍在拼命抓取一切
眼前之物，并期待着
能够从未来身上获取更多
而我们中间的智者早已
从粗鄙的人民中间起身
发现天色已晚，无处可去

随即进入暮霭沉沉的夜色
此时天空也变得朴实无华
并没有为我们呈现
一个天堂般的景象

（原载《追蝴蝶》微信公众号 2019 年 5 月 21 日）

今夜　我夜宿中心渔港

_胡庆军

今夜的海风很轻，或许如同一千八百年前
时间的流逝是否可以让记忆褪色，任痕迹覆盖了痕迹
远去的故事被镶嵌进蓟运河的那些流水，任日子书写日子

小盐河的那些传说在某些遗迹里离奇
那些与生活息息相关的记载一定是被史学家赋予了生命
一抹蓝色挥不去，盐运、渔业、航运
汇聚成一个魂牵梦绕的地方

种水能收白玉砂，张家码头今何在
看海、听海、读海，鸥、帆、船在渤海湾装点夜空
我的灵魂就在此刻得以澄澈、洗涤
然后只留下我面对着大海，把前尘往事逐渐变得模糊

时间是被风化了吧，海被夜色埋伏了吧
我的脚步放慢再放慢，躲进海的阴影里

一寸一寸地抚摸有关汉沽的历史，充满安详

飞镲、八大馇都像一场场善意的大戏
伴随着渔港里的一厢轰鸣
欢愉的石头还没有沉底，月亮升起来
那些渔村再也寻不到，我却还记得
我和伙伴们一起走在软软的沙滩上
还记得那成群的海鸥翩飞盘旋

（原载《大观·东京文学》2019 年第 7 期）

只能看见里面的一片荒草

_李伟

是什么人用一层层铁丝网
把这里圈了起来
站在铁丝网外
什么都看不见
只能看见里面的一片荒草

要是静下来细听
还是能隐约听见
某些细微的声音
水滴在铁皮罐里的声音
锯树或锯其他坚硬的东西的声音

还有鞭子抽打的声音
那种沉闷得好像雷声
捶打着或撞击什么的声音
某种动物所发出的尖厉的声音
这些声音并不清晰

很难彻底分辨出
到底是些什么声音
而风一吹过来
这些声音就消散了
只是那里的荒草越长越浓密了

但铁丝网并没有生锈
有时阳光照在上面
它反射回来的光
依然像箭头一样锐利
几乎可以直接刺瞎凝视它的双眼

（原载《李伟的艺术空间》微信公众号 2019 年 2 月）

故乡的搬运工

_罗振亚

站在城市的秋阳下两手空空
可是故乡这个词根实在太重
瘦弱的肩膀根本扛不起来

我只能做它的搬运工人
从远方将零散物件一样样递出

一月里爆竹读着门上的春联
牵动二月手拎肩背走亲戚
老牛车在三月忙于送粪
布谷声声催人四月快下种
锄头和浇水乡亲把五月吵绿
一般说来大片麦浪起伏在六月
万物生长时父亲背手巡视七月
稻谷抽穗不问黑白八月暴晒
场院的玉米垛九月瞧新生
天空蓝得十月害怕睁眼
进十一月男女老少学猫冬
十二月村庄渴望被大雪覆盖

故乡这个词根有时又很轻
轻得你浑身上下清爽
轻得你不敢大声念出它的名字

（原载《诗刊》上半月 2019 年第 3 期）

赞美诗

_ 王彦明

我爱闲置的酒杯，孤独的鸽子

消失温暖的烛火。在田里种菜的父亲。

我爱奔波的骆驼，掉链条的自行车
拉上夜幕的一天。灶台边烧火的母亲。

我爱夕阳胜过朝阳；
爱破碎胜过完整。我买下一部留声机
只是想听流水的声音。

我靠近大海，只为谛听
她的咆哮，内心的低吟——
她有她的宽容，与孤单。

我穿过田野，回到祖屋里
我看到镜子里：一面是自己，另一面是另一个自己
我那么爱自己。

我看到一张纸，布满抽象的影像。
我那么爱割裂与混乱。

（原载《卓尔诗歌书店》微信公众号 2019 年 7 月 29 日）

杂事诗·文学的力量，文化的力量

_ 徐江

二十世纪后半段

日本银幕的天皇
高仓健君
终生的遗憾
是没能演成武圣人关羽
细目、身长
一张无表情的
高傲的死脸
演一回关羽又怎么啦
可惜炎黄子孙不答应
一个侵略过我们的国度
再伟大的演员
也无权扮演我们的史诗英雄
狡猾的张艺谋导演
利用了高仓君的这个心结
让他演了部平庸虚假的电影
给电影取名《千里走单骑》
有媒体说高仓君后来
差点儿认张导当了义子
这事情不可笑
反而让我感叹
罗贯中小说的力量
那也是我们这个国家
从不正眼看的
文学的力量

有一年我在首尔的一个
周末剧场
看给孩子和家长进行的
水画表演
演员是几个年轻人
融合了舞台丑角和
多媒体的方式
在大银幕上画着这个那个
临到高潮的时候

他们开始画奔马
画长矛
宝剑
青龙偃月刀
还有它们的主人
看起来很像是风华正茂的
刘备关羽张飞
虎牢关大战吕布时的英姿
台下的韩国娃娃和家长
一起热烈鼓掌
那个瞬间
我的喉头热辣辣的
我看到了亲爱的
来自汉语的
文学的力量
那也是——人类
文化的力量

（原载徐江个人微信 2019 年 6 月）

这些……

_安然

这些影子又将重逢
这些干枯的栀子又被插入瓶中
这是一朵骄傲的玫瑰，又在凋落
这些水中的灌木又有了绝好的去处
这些信中的白首不相离，又被世人佐证
这些无数的深情，又开始燃烧
又运用到人间之爱
又再次让一个绝望的人回到起点
这些白色的孤独，又迎来晚年
这些无用的爱和赞美，又一次靠近
这些诗句茫然又惊险
我又令这些明艳的汉字变得沉默

（原载《草原》2019 年第 12 期）

一列火车

_沉香

它在追我
一节一节挺进我的骨骼
这种对抗使我低头
并有序地、多次重复
我不再逃跑
它的轰鸣
像极了我中年的隐忍
遥望昙花落尽时
一只蝶儿在心口复活
它疾驰而过

（原载《北斗诗刊》2019 年总第 14 期）

呼伦贝尔草原印象

_李佳忆

七月的呼伦贝尔
天空比马蹄声辽阔

从一株小草的内心出发
你能看到整个草原的秘密

奔跑的大风路过一条河
这些水从此沉默至今

（原载《文苑·经典美文》2019年第10期）

叩肯勿苏

_ 刘晓娟

这是用我的母语命名的地方
“像少女一样清澈的水”
我不敢轻易喊出这个名字
就像我不敢让自己的身躯
高过一条哈达

面对水，面对无法喊停的河流
我能做的，只有不停清洗
洗悬于指尖的虚无
洗头颅中不断生长的空
洗一棵白杨树落草为寇的妄念

满月的时候
我洗河中捞出来的水
以水洗水
水像少女一样清澈
水落水中
声音像诵经一样慈悲

注：叩肯勿苏，蒙语，译为“像少女一样清澈的水”。

（原载《诗刊》2019年第1期下半月）

古时候

_青蓝格格

古时候，我的脸像某一位写诗的女子的脸。
现在，我的脸像她的另一张脸。
我不知道她是谁！
我只知道，古时候，她的眉毛弯弯，
仿佛一位侠客涌起的江湖。
我迷恋没有被腐蚀过的古时候，
犹如花朵迷恋被爱情打开的幸福的花园。
古时候，如果我写诗，完全有可能
偶遇一位喜欢舞文弄墨的皇帝。
那么，我就有可能成为他的爱妃。
每一日端坐于小轩窗前，或许还可以松鹤延年。
古时候，我可以用我虚无的肉体，
去养育诗歌的梅兰竹菊。
然后，再用诗歌的梅兰竹菊拯救我自己。
唯有这样，我才能变得完美……
呵，我的眉毛，弯弯——
如果我，真能追随一位侠客回到现代，我们依然还要
仗剑天涯——

（原载《中国作家》2019 年第 3 期）

骊歌

_唐月

夏秋的告别仪式，也不过如此——
火拼一日，冰冻两日
第四日黄历上遇见，谁也不识谁

没有谁再愿意用花香勒死谁
没有谁会一直用果实砸疼谁

大家似乎更热衷用舌尖撬出
花果里寄居的虫子和山，为背叛
一一取证，并将神送上法庭

说散就散了，笼中鸟兽，笔底烟云
一张白纸上胎记一样的淤青

（原载《安徽文学》2019 年第 5 期）

采风

_原散羊

采风，就是与风相遇
风雨也行
把自己扔进不怎么荒凉的野外
接受比我们
卑微的事物，比如泉水和苔藓的审判
至于松鼠和鸟鸣
这些自由的罹难者，松散一些也好

（原载《诗日历》微信公众号 2019 年 9 月 12 日）

我们变得平静了

_赵卡

我们变得平静了

睁一只眼睡了
美人被磨平了
夜，箱子般方方正正
风暴落在水面上

（原载《诗歌周刊》2019 年 9 月总第 375 期）

霜挂

_堆雪

顺着时间的脉络和枝干
梦中的疏影，再次照进我的床前
年关将近。你睫毛上的蓝
提醒我：每一句来自星空的问候
都带着气喘吁吁的烟尘

久居异乡。我已经能够
不露声色地平息内心的躁动和火焰
把岁月的无情与人世的愧疚扼杀在胸
我已习惯用想象奔波。面对北风
让喜鹊捎去，天不亮就已动身启程的亲情

安于斗室，在一张纸上虚构农事
用一支笔画出情感的梯田和生活的狼烟
拿孤独下酒，用隐喻抒情
接受戈壁和沙漠赐予的，一个又一个荒年

已经不再怀疑月光和雪。我相信远方
世上所有草木和灯火都是人的感应
我相信，古老的井水还在上涨
远山一直在向我走近。心底
永远是酒水洒地、粮食堆山的年景

（原载《星星》2019 年第 5 期）

父亲，母亲

_ 刘涛

天空中密布的雨脚滴破了午夜
蛙在林中产卵
这一切被闪电撕破
照见那个青绿花背在雨中逃窜

雨声太大，父亲的裤脚
沾满了各色黏土、草枝
在一声闷雷中显影的父亲
草帽已经湿透

天明，去林中找一些合适的树、苇叶
去修补给母亲带来恐慌的天窗
它在树影中剧烈晃动的声音
像囚禁了一只永远无法脱身的黑色蝙蝠

这样带着弧度的影子闹了一夜
母亲也倦了，抱着荒原的孩子在梦中哺乳
那不更事的婴儿
把母亲吸得苍白

（原载《伊犁河》2019 年第 3 期）

白

_ 如风

雪，月光，未来
这让人欢喜的，是白

发丝里的银，老时光，回忆
这些让我在黑暗中醒着的，是白

新铺开的信笺，以及
在笔端流浪的浮云和羊群，还是白

在你到来之前
半生，都是空白

（原载《星星》2019 年第 6 期上旬刊）

正午里传来电锯声

_ 沙蝎

一阵急促的马蹄声此起
彼伏。我被惊醒。透过午睡的玻璃窗看见
死亡多日的白桦醒着，
木质里潜伏着上万匹骏马。

四层楼的小客厅低悬于正午，
是木匠最中意的驯马场。电刨如马鞭，
木匠是最优秀的驯马师——

木屑纷飞如马鬃。你看见
蛰伏多日的骏马扬蹄，奋力跃过铁蒺藜般的锯齿，
等待登临木匠掌纹密布的高山。

桌椅、碗橱、衣柜……摆满房间，
仿佛一匹匹野马被驯服，
整装待发，奔赴生活的前沿阵地——

但驯马师已远去。
一滴滴汗血浸出卑微的身体饲养着死亡的白桦，
在另一个低悬的正午延伸——
我们仅是骑马的人。

（原载《最诗刊》微信公众号 2019 年 8 月 15 日）

我的小镇

_ 苏仁聪

我的父母住在出租屋
光线幽闭，漏雨，幸福的
出租屋
他们在里面吵架，和好，给我打电话
我的祖母爱上走路回老家
爱上在灌木丛中站立，在祖父坟前停留
我的叔叔们事业正好，生活愉快
我有些弟弟在上学，有些姐姐有了孩子
有几个爱喝酒的如今已戒酒，爱赌钱的
也都去他乡挣钱。他们善良
温润而悲悯
在昆明，他们请我吃饭，给我提供
温暖干净的居所，放下工作陪我晒昆明的阳光
我的亲戚们已经摆脱贫困，虽然
每年都有人离开。我的小镇
有八条街道，笔直，干净
有广阔的森林，我曾在里面迷路
天黑时哭。有充沛的雨水
我常常被淋湿，在火炉边取暖
有好多大山，我目睹它们把太阳吞进去
把星星放出来。为此我流泪
十年后，仍有斑斑泪痕

我的小学校，已经沦为废墟
我的老房子，已经转让给老鼠，昆虫，蛇
杂草，雨水和祖宗的神位
但还装满我的童年。那些密不透风的日子
在我的小镇，有人在新开的 KTV 整夜追忆
许多人乐观地活着。许多人悲痛但还是活着
许多人极度悲痛并去到了人间的反方向
法师给他们唱诵经文，多么动听
野花开，多么自由，野果落，多么甜蜜
鸟类成群结队经过上空，多么壮观
那时我看到鸟，想让它们带我离开
现在我看到鸟，想让它们
带我回去

（原载《诗刊》2019 年第 8 期）

寻找小白马

_ 王晖

我确定小白马
已离开此地
它的气味
与它形影不离的兄弟的气息
仍留在园中
遗落的马粪
是留给我的最后一封书信

它半饥半饱的生活尽在其中
小公园里只顾着拥抱的情侣
不会在意这些

只有山楂树，花楸树，白桦树
这些陪了它一冬的朋友
看着插满栅栏的车厢
在它的脸上画着一道道眼泪
没有一棵不想追出去送别
这些树站在原地
在积雪融化的小水塘里
打湿了冬靴

（原载《橄榄绿》2019 年第 3 期）

芦花白

_ 亚楠

清风下，她们
是奔跑的兔子。朝着风吹
来的方向
她们不停地奔跑

毛茸茸的一群
兔子。她们与我一样
在风中呼吸

咀嚼往事，就像
时光修复疼痛。种子把多余
的话删除

都是有根的
白茫茫，连成一片的童话
世界铺满了寂静
忧伤

在水边。她们留住
自己的影子，却把最后的
光送给了流水

（原载《草堂》2019年第8期）

达乌里秦艽

_张映姝

原来，我可以如此轻
轻于蝴蝶的停落
轻于小风拂过，雨滴滑落
草原上，这些自然的事物
只有自然的重量
我能感觉得到。像蜕皮
我一点点挣脱那些冗赘之物

再看看，远方的天际
山坡上雪白的毡房
草地上盛开的老鹳草
我还是比它们重那么一点点
这，已经很好
突然，仿佛失去引力
我觉得自己飘忽起来
真的，那两簇蓝紫色的花
拥有自然的最高法术

（原载《福建文学》2019 年第 3 期）

刘公岛

_ 导夫

整个下午
光明在白昼的寝宫升起
如同异域的猎物
被本土的风声唤醒

山峦簇拥
太阳分割着圣山
峰谷凝望
海风沉静于渊面

我从
远方而来
聆听久远的汉家的呼吸
造访不远的晚清的黄昏

夕阳整饬衣装
女人抱紧婴儿

细嫩的花蕾
向炮台的锈迹绽开
发旧的屈辱
在知了的鼓噪中回响

金色的担子跨越重山沉入海洋
黑黢的哭喊瑟缩岩壁升入天堂
洞悉你海浪般深刻的命纹
担忧你山冈般沉重的未来

殖民的遗产
世代的友好
入眼于苦苦相思的
无名的土地之下

海面没有拉直
近乎无畏地勇敢
海风拧干我苦涩的手臂
我无法触碰历史的这段潮头

水鸟穿过成排的树干　和
荣辱不惊的人群
依旧在腐蚀的海藻上空
愉快地盘旋　航行　并且歌唱

（原载《中国诗人》2019 年第 1 期）

献给大师的奏鸣曲

_林一木

我看到过往时光陈旧的气息
如高搁的经典围拢你
弹奏命运交响曲还是月光奏鸣曲都不重要
重要的是要弹奏自己的心曲
没有一部经典说过一致认为的就是好的

那让头脑变得油滑的正是失去
它一直向前却从不问车上是鲜花还是旧时光
看着它满载熟悉的措辞消失在尽头
我看到说出真理的大师又笑着重新回来
他们拿着的正是自己有趣的篇章

经典活在它们的时代如同你熟睡在深夜
而经典从不光临乌合之众的梦境
灯下我欣赏一枚金币的纯良
它以拥有自己而与时光并往
我见多了被生活说服的人

故而激动于一次意外的相逢
它回环往复弹奏一段云水禅心如水出芙蓉
令久驻普罗之音的人一见倾心
如同布谷常年在我窗外诉说昼夜的心声

今夜我愿谱一曲献给梦中青鸟的降临

（原载《朔方》2019 年第 5 期）

山中岁月

_马占祥

在庙山独行
和槐树结成阵营
撑起来的空
刚好容纳云朵的流离
我攒的词语不够抒情
庙山上住着的神仙我不认识
我是路人
跟山中的麻雀、鹞鹰不熟
它们忽略了我
正如我忽略的风在路上轻轻地走着
它会走到山顶
它会轻轻地敲着门楣
我们在这里会再次相遇
而后，像一本经书里的喻示
再一次：分离

（原载《朔方》2019 年第 5 期）

难题

_ 念小丫

我时常对着试卷发呆
我在其中
深深怪罪自己
两难啊，亲爱的孩子
我为你提供
草原的想象，大海的想象，云里雾里的想象
同时
我又不停地拿出问题为难你
把想象
变成事实
做一个母亲是多大的难题
你有童年趣事
而我不得不拿世故的圈套
一次再一次
套住你
你毛茸茸的睫毛，挂着幻想
多么美
多么不可侵犯
而我，为了一张优秀的答卷
制造风雨
扼杀天性，亲爱的
写下这些时

是多么揪心的难题

（原载《草堂》2019 年第 8 期）

我钟爱寺院遍布的玉树

_单永珍

我倾向于那光辉的雪扑面而来
白发的群山，当越野车滑向排水渠时
睡梦中的卓嘎只是翻了个身子
她揉揉鼻子，继续和布袋熊的约会
我只是感觉山崖上的玛尼趔趄了一下

我醉心于一幅摩崖石刻的坚守
流水、风、歌声以及经诵
此刻必须神圣，带着人间的烟火
灰烬。微小的孤独。1 米 72 的悲伤
一次对话让大地的宁静

不管多么艰难，我还是写下一封情书
作为自证者的答辩词

不管世界多么繁华，我还是倾心向西
钟爱寺院遍布的玉树

（原载《草原》2019 年第 6 期）

鹅嫚山秋色

_杨森君

一枚松针的微小，可以局限我
一座山的庞大也可以局限我

秋风
不会让我看见它的形体，但是
石头被它吹凉了

草木中低垂的微小花盘
会不会依然在与时光做着持久地较量
走着，不小心
又会被我碰落几枝

还有流水，我并不知道
它最后的去向
但是，它在急切地冲向谷底

此处长艾草，彼处长灌木
我们不便干涉

就像，有些植物使用花朵，选择蝴蝶
有些植物使用枝条，选择乌鸦

（原载《草堂》2019 年第 2 期）

犹似离别

_张富宝

朝圣者的碗，空着
黑夜会取走你的甜美
七月深处，我是
你永恒的迷路之人
无物，替我
说出沉默之词
我用捡来的麦穗
喂养痉挛的胃

（原载《朔方》2019年第4期）

我总看到妈妈十二岁小姑娘时的样子

_曹谁

妈妈来北京看孙子曹亚欧非
我带她看前门天安门
我带她游后海什刹海
她都没有说什么
每次遇到服装店
她就要仔细地看
妈妈像所有女人一样
喜欢漂亮的衣服
可是我从来不知道
这时我就仿佛看到妈妈
十二岁小姑娘时的样子
她在山花烂漫中奔跑
她为一件新衣服欢喜
妈妈的妈妈就在那年去世
从此她不再敢喜欢衣服
她带大了舅舅
她带大了曹谁

她带大了曹希
把买衣服的钱让我们读书
曹希成为中科院的博士
曹谁成为北师大的硕士
妈妈终于放心了
她在那里挑衣服
我却总是忍不住落泪
看到妈妈十二岁小姑娘时的样子

（原载《诗歌周刊》2019 年 9 月第 373 期）

一公里的信任

_陈慧遐

我要一公里的信任
只为一个转身
人生的路途
一公里太短
热望泯灭的脚步
一公里又太长

一个微小的端点
投射出人生虚长的影子
一条条线段拼接出时断时续的纠结
人生的命脉早已探寻不到两头的点
它是直线

一条无限延伸的直线

一公里的信任
我拒绝孤独
摆脱不了平行线的宿命
但抗拒得了形单影只时的造作
生命奔腾的激流涌荡
你那颗火热的心
不能总喊孤独
行进抑或止步
总要给自己一个交代

（原载《诗歌风赏》2019 年第 2 卷）

夏天的雪比冬天的白

_孔占伟

一场六月的大雪撕裂夏天的谶言
日月山立马增高
那镶嵌在山巅上的海拔
抬高雪花婀娜的身姿
风儿拽落了天际的寒冷
这个要比冬天臃肿的日子
证明，夏天的雪比冬天的白

心花怒放的草原陷入沉默

草芽的欲望轰轰烈烈
害羞的野花被冰雪疯狂肆虐
准备撒欢的牛羊
喂养了两个季节的马匹
那一件臃肿的皮袄
虫草季即将结束的故事
一律被突如其来的大雪召唤
眼前顿时失去了高原的缤纷

这一幅苍莽的白
高天厚土中的纯粹，极具智慧的白
季节替代不了多彩，温柔的白
巍峨的大山搂着，孵化了千百年的白
用巨大的勇气，大书特书的白
用巧夺天工的手，美画的白
这里是一望无际的白纸
此刻，她平静地告诉世界
高原的夏天需要精心描摹！

（原载《青海湖》2019 年第 2 期）

祷告者

_马文秀

疲惫逃出体外，在夜色下咳嗽
虚脱的体型像极了孤独的孩子，一步比一步浅此时，谁还会记起那个隐于字里行间的祷告者？
穿透手帕的血液，张牙舞爪似乎在宣告一场战争的开始
整装待发的五脏六腑开始窥探，搜寻，回望
月色下潜伏的器官比寻常更加团结，对抗这一声比一声重的咳嗽
似乎此时多余的殷勤能换来片刻的安心，他们任性，苦恼，反复试探
在祷告者的体力展开一场场激烈的讨论
仿佛要合力托起祷告者的灵魂。

祷告者窜出体外的声音
惊醒了寂寞的星空，它一睁眼便撞见了东方羞涩的红
宛若情人的脸，一眼便听到信封里未说出的情话
在秋天开始沉静，那些手掌中拂过的叶子，正在低落
一片片，不断变换姿态。就像一位祷告者
走过的路，说过的话，甚至身体躬行处微微的颤抖
像极了远在家乡的父母，为那些背井离乡的孩子祈祷，祈祷
将多余的声音遗留在梦中
不要轻易做一位祷告者，就算春天再过于缤纷
悄悄将这一刻，停放在足下。

（原载《中国作家》2019 年第 5 期）

我在青海湖畔放声大哭

_ 肖黛

我在青海湖畔放声大哭，并非要对峙于困顿

黄昏却覆盖孤零零的青海湖
凭水的蓝色挣扎着，奋力地
不愿让一摊血的哭腔在空旷中飘来荡去

我哭寂静，我哭松弛，我哭释梦的开始
穿行我在早先错落的各类富有中
我祭奠灵魂的活动，我想起古乐断弦的情景
大哭一场，不是因为体内的屈辱堆积太多

当泪珠儿跃入湖水。泪珠儿渐生裂缝
浪花托浮寒噤而神传尚存
那是牧羊女转过来的洁白的身影
是刚读到的诗行，是刚刚看见的高原风光

我，自然久远了。所以萧瑟地哭。哭得破败
我的自由是号啕的匍匐辗转
是不知道什么时候停下来，是私藏下的风声

（原载《青海湖》2019年第9期）

乡愁在河水里荡漾

_夜陌

戈壁外是苍茫的远方
我踏过一条古老的道路
来到驼铃沉寂的绿洲
这里是征人逢雪的地方

也是驿差奔驰的终点
如今没有春闺梦呓
折戟沉沙天山无语
唯有漠风吹过座座新城
陌生而又悲壮地呜咽
每一次错过的黄昏
总在河流的背影里重现
我泅渡过半生的故乡
如今只有名字供我思念

（原载《舞水诗苑》微信公众号 2019 年 9 月 3 日）

在太阳背后晒了一夜月亮

_高凯

夜很冷。太阳没有出来
但月亮出来了

没有晒上太阳
晒上月亮了

在异乡的一个阳台上晒月亮
我把自己晒黑了

原来，我和某一个人的思念
一直是火热的

在太阳背后晒了一夜月亮
我才知道

（原载《上海文学》2019 年第 3 期）

枣子

_高亚斌

在一片叶子上，它终于老去姿色
它患上了发黄的厌食症，还有乐极之后
不免的闲愁。它开始恋上自己身子里
小小的凋零，在时光的高阁上闲坐

它的胭脂还记着从前
那些被不明方向的风宠着的流年过往
穿花的蛱蝶、多情的胡蜂，转身即忘的诺言
短暂而慌乱的花季，都来不及忧伤……

好天气风和日丽，江山一望辽阔
山野里有了飞蓬，虫子们四海为家
枣树耽于台上风光
不肯卸下最后的残妆，可是

枣子的迟暮来得早，催逼它的
是一场紧一场的秋风
是蟋蟀的长调和蝉鸣的小令
是鸿雁留下的一纸绝情书

枣，那么瘦小的神
它欢喜自己笔意里小小的枯败

耽于流水受阻时的羞意，和轻巧的躲闪
它来到一场风里，风来到一首诗，一首诗
孤孑的身影走过浩繁尘嚣

（原载《星星》2019 年第 8 期）

正午：莫高窟

_ 梁积林

一拨一拨的人
从一个石窟出来又跨界进了另一个石窟
脸色潮红俱带着虔诚
甚至对某种东西沉得很深
他们是否都看懂了佛的各种眼神
或者飞天女反弹琵琶的那声弦外之音
藏经洞的那个窗户空洞得仿佛谁把时间挖了个豁口
或者截流了部分

我记得六年是怎样的修行
我记住了石窟穹顶下普贤菩萨祥瑞的塑身

我记得呀，三危山下，一阵又一阵的驼铃
像梵音，又像是一些人在不停地凿壁之声

我听了好些时辰，一动不动

我突然笑了一下，挣脱了泥塑的表情

（原载《草堂》2019 年第 7 期）

一盒火柴

_ 牛庆国

我比卖火柴的小女孩幸运
我有一盒火柴
划亮一根　照亮一个人
再划亮一根　照亮另一个人
能被一根火柴召唤到身边的人
他们多么寒冷
亲人们　请到我这里来领火柴吧
回去点亮你们的灯
或者燃一堆火
有些旧事　有些旧物
划一根火柴就能找见
然后把它们当柴火烧
但是请你们原谅
最后的几根火柴　我得留着
我要把自己多照亮几次

（原载《莽原》2019 年第 4 期）

镜子

_人邻

那些映过湖面
经过玻璃
照过镜子的人，
心里想了些什么？

——寒风里，他们掖紧了衣襟。

而只有神的面前，
人是不敢停留的。
神知道，人的满身尘土：
“就从镜子一边过去吧！”
神的面前，
无从遮掩。

可也许，神的镜子，
就连神自己也不敢照。

——寒风里，神也不由得
掖了一下自己的衣襟。

（原载《我是你获得世界的一种方式》，中国青年出版社 2019 年 1 月版）

水草

_ 王小忠

大街被七扭八歪的柳树笼罩着
不远的一池泉水中，只有水草挺立
她们的衣衫之下
隐藏着真实而广阔的世界
整个村子呈现出欣欣向荣的样子
但这一切绝对是灿烂而虚假的春天

地里长满荒草，山坡上牛羊稀疏
他们都离开了村子
不去深林寻黑木耳，也不去放牧牛羊
都去城里实现梦中反复出现的铺张生活

我的头顶添了不少白发
蓬乱而稀疏，像秋后的水草
没有光泽，也没有力量
它们沉默着，和我互不侵犯各自的内心世界
可我无法知道，我们各自维护着的
是蓬勃的春天，还是枯败的冬日

（原载《诗刊》下半月 2019 年第 3 期）

村夜

_第广龙

关山村的夜晚
除了零星几户人家的灯光
再没有多余的光
如果走出去多走一步
黑暗就把人吞了
总共两条狗
都不喜欢叫
叫了也被黑暗吸收了
深山里的关山村
天黑得早
天一黑就都黑了
黑得如此结实
似乎伸手敲一下
都能弹回来

（原载《天水晚报》2019年6月27日）

海子

_霍竹山

一万只鸟飞来梳洗季节
一千只鸟飞来梳洗季节
一百只鸟飞来梳洗季节
一只鸟也不见飞来了

唱晚的渔舟泊在老人的回忆
枯树的倒映静止不动
只有沙子学着水纹的样子从四面流来
海子啊，是谁最后的一滴泪

（原载《当代人》2019 年第 2 期）

新春致辞

_李小洛

你好，火车，车厢里疲惫的乘客
餐车里的苹果，打盹的乘客
中间，一位旅行者的心
你好，银河系
银河系里遨游的星星，大熊星座
我的前半生和我的后半生
你好，水杉
水杉里的水
小王子和田螺姑娘
你好，草原上的马匹
牧羊人，青草，露珠
和露珠上摇摇晃晃的太阳
你好，阴雨天里
高高垂下的大气压
我静坐过的椅子，板凳
卧室，客厅与书房
你好，陌生人
新年以前，我们还没见过面
如今我们见了
我们将一起去南山下
造房子，修池塘

采草莓和去海南

（原载《西安晚报》2019 年 3 月 18 日）

新月

_南南千雪

在坍塌的城堡上铺开它所有的细腻
断砖忽明忽暗
拱门的黑暗又加深了一层
新月迈开温柔的步子
在静夜重建它们的秩序
把风暴铆进第七个裂隙
没有人觉察到这惊骇的伏击
作为一种危险
终结得悄无声息

（原载《四川文学》2019 年第 6 期）

突然有了屈服之意

_三色堇

坐在爬满矮灌木的斜坡上
面对繁茂的山岚，流水，雷电
刚刚冒出嫩芽的植物的脸
我突然有了屈服之意
万物与春天的最后一个节气交相呼应
我苍老的面容被埋下深深的绿意，何必远方
何必违背时间的伦理，那高过我们的
一定是细雨明快的背影
在与世界的遭遇和碰撞中
不需要抵达虚无
我在秦与晋之间，从一条路
到另一条路上切换着双面的面孔
天空喂养了雄鹰的翅膀
一张木椅喂养了我的余生
我在等一个穿衬衫的人
递来落日里最后一颗沙粒
灼人的消息

（原载《星星》2019 年第 8 期）

鸽子们飞得那么低

_王琪

攀爬青峰山
路上眺望的目光，在秋光深处蜿蜒、黯淡

翅膀穿过豁口，没有停止扇动
仰望山体另一侧，满是漆树和油松
挺直的尊严与梦的栅栏外，宜于安放白色的魂灵

献歌和轻舞，都是为了就此别过
我小小的心跳，似曾被浅灰的描述颠覆
滑行云端的那条曲线，失去重量，奔向渺茫之处

风速将辽阔和赞美连在一起
我该怎样拼命向上
俯瞰人间万象，形同深渊

“叠嶂西驰，万马回旋，众山欲东”
——此刻，一切的抵达，和重生并不悖离

泥沙俱下的生活
鸽子们飞得那么低，那么缓慢
它以轻柔的背影结束，是为了不让过于炽烈的言词击中

（原载《福建文学》2019 年第 8 期）

黑暗之巢

_阎安

很多鸟其实对卧巢孵化的事很不耐烦
它们孵完小鸟就从此不再归巢
很多鸟其实根本就没有巢
树林子就是它们的家
树枝就是它们的家
树林子和它的阴影
就是它们的家

很多鸟　比如乌鸦
它们总是在黑暗中到来
仿佛黑暗中比黑暗更黑的密集的碎片
黑暗使它们变得异常活跃
它们在黑暗的中心飞翔
久久地不落下来
它们震动黑暗的沉默的飞
就是它们的家

（原载《诗歌月刊》2019 年第 5 期）

我看见了大海

_远村

如同一次意外的远行，我看见了大海。
看见了低飞的海鸥。

如同一个人，在大海上看见了自己的前世。
我看见了一望无际的梦魇。

如同隔着深不见底的泪水，我看见了故乡。
看见了被愚弄的绵羊。

幸福而安详。
蓝色的山岗上，不断展开腊月的风暴。

我看见一个清醒的人，不把故乡的冷与热一同带走。
如同一把麦粒，不经意逃出夏天的湛蓝。

不能在别人的土地上兴风作浪。
如同栗色的头发，不相信老去的时光与头上的明月

如同一滴水，离开了大海的心脏。
如同一次白夜的密谋，因风而起的伤害。

会把谎言的花瓣一片接一片摘下。

如同突然袭来的雾气，把尘世上的纷争吹得七零八落。

如同一支火苗，不看好成吨位堆积的火药。
如同被劫持的疤痕，难以抹掉陈年的旧梦。

我看见的故乡，无法再生长要死要活的黄豆和高粱。
只有杂乱的荒草遮天蔽日。

（原载《远村的诗书画》2019 年 8 月 14 日）

殿堂

_之道

殿堂高深，幽远。三世诸佛，伫立其间
看不清面色。反过来
佛也看不清我。忧郁、踌躇、胆怯，还是嗔怨。

如今都是来客，功德箱隔在我们中间。焚香、磕头
许愿都应在布施之后
每个人都要做最虔诚的哑剧演员
谙熟人间台词，默念心中
曲终人散，香火湮灭，我佛脱壳而去。
殿门一关
独留黑咕隆咚一片，无论白昼黑夜
貌似空无挂碍

（原载《黄河口文学》2019 年第 2 期）

比如，一个叫娜秀的姑娘

_陈跃军

一个姑娘从苏毗部落时期走到
宋朝，改名叫娜秀
怒江一直深爱着你
把你紧紧地搂在怀里
不离不弃，流了几千年

你说你害怕刀光剑影
每一次你都悄悄地闭上眼睛
你曾站在路边焦急地等待文成公主的到来
你也曾对孩子们的胡作非为痛苦地流泪
但是此刻，你喜笑颜开

曾经想，我一定会见到你
但是，我不知道你怎么迎接我
我静静地躺在你的怀里
在梦里为你穿上最美的嫁衣

从此，与你长相厮守

（原载《西藏文学》2019 年第 3 期）

夜游圣湖羊卓拥措湖畔牧场有感

_岛吉嵯木

夜色里走来的星辰，它们将微弱的
光芒泻在沉静的湖面，荒凉的山坡

那些泛着白的羊子，像是山岗的
真正主人：梦着无垠的绿草，甜美的河水

而刀刃冰冷的喘气声，随着
阴风从山坡下阵阵吹来

（原载《高大陆》2019 年春季号）

情缘三都澳

_德西

我该用什么样的诗句描写你
见你的第一眼
我已经被淹没
呼吸在海底游走
珠峰的高度都不足我对你的爱恋
闭上眼睛听你呢喃的情话
我每寸肌肤都有你温热的唇吻
贪婪地吸吮你的味道
直到伤口渗出血
我甚至嫉妒日夜在你怀里游来游去的鱼虾
贝壳里的小虫谣传你不曾寂寞

但我知道
每一次船桨划过
你只能孤独地流向我望不见的玛祖列岛
你全部的忧郁注满了玛祖的眼神
而我也只能在每个清晨来临时
填满佛前的净水
来擦拭盐水浸蚀的躯壳

哦！我远远看见你
看见你解开扣子的衬衫在海风中飘零

我在岸上无数次的回望
凝筑成一路的贝壳
你可曾捡拾放进你最深的海底礁石窟里
待到千年
我依然旧颜寻找和你擦肩的回眸
如果有那一天
请你一定用你最温柔的手臂
轻轻揽我于怀中

（原载《格桑花开》微信公众号 2019 年 6 月 22 日）

白玛梅朵

_拉旺

白玛梅朵盛开的时候
牧人从山头
赶走牛羊的心事

白玛梅朵盛开的时候
阿吉在青稞地里
数落长在心头的草

白玛梅朵盛开的时候
老人在玛尼堆里
刻下尘世零落的隐衷

白玛梅朵盛开的时候
母亲河蜿蜒于
岩鹰拒绝飞过的远山

（原载《格桑花》2019年第1期）

阿里·宣舞

_罗桑次仁

手拉着手
向左又向右
象泉河水涌动生命不竭的气息

脚并着脚
向前又向后
古格秘境回荡千年不绝的旋律

一阵鼓声，似天上洒下的甘霖
一声笛音，似大地苏醒的呢喃
在土林环抱的水草丰盛之地
以宣的名义
怅然、欢舞
沉思、徜徉

（原载《雪域萱歌》微信公众号2019年第187期）

听，格桑花开了

_ 孟轲

时光停歇在一朵格桑花上
寂静似水，夏风轻漾
这些天我们一直沉浸在
那些热烈甜蜜的语境里
而此刻，我听你，你听我
只用心感受
你迎着高原的严寒风霜

迎风怒放
纵然深处逆境
也要在风雨中翩翩起舞
从不让美好在眼泪中错过

我要在朵朵格桑花盛开的草原
筑起袖珍小屋
容下我们俩就好
小溪穿过无垠的原野
轻轻推着大地的摇篮
我们和水在一起，很幸福
我用这月光之水沐浴更衣
洗涤心灵

就这样倾听和深情注视
在红唇吐蕊的下方
是你的吻一直向下占领，覆盖
就这样我跟随着你，越过梦幻
时间变得柔若无骨起来
我把我们的风雨折叠后
和一朵格桑花的花语
一起收藏

（原载《西藏日报》2019 年 7 月 16 日）

我和我的羊落脚的古老营地已拔起了成片楼群

_ 米米马修

来不及把尼木饱满的白青稞
运回到月光浸泡的黑帐篷
来不及把拉孜精造的圣像
迎请回山下老屋旧佛堂——

来不及，来不及呀——
来不及再和长辈们围炉夜饮

——少小离家，归来四顾茫然
一切被喧嚣与人群淹没——

我和我的羊祖祖辈辈落脚的
江格尔牧场营地
已拔起了成片的楼群

（原载《高大陆》2019 年春季号）

一片雪花撞开了一个春天

_陌上千禾

落叶飘到我的头上
我想起一片雪花
呵，在天上待得太久
寂寞落在了仓央嘉措的院坝
一棵柏树背负太多
雪地里的小兔子
藏在童话里讲过时的童话
撷一片红楼的镜像
都说那是必定相遇的暗示
前世的劫 今世的缘
花开花落，轮回路过千年的芳华
总想把最美的句子给你
结果半路不是走石就是飞沙
365 天好长好长
等了，爱了，恨了，沉默了
每一天我都以诗神的名义
为你祈祷缪斯的大驾

没有岁月，也没有其他幻想
撞开春天之门的
不是洪钟大吕，是一片雪花
让我提前看见了前世的模样
只有你 只有你
站在花落花开的地方

（原载《诗歌月刊》2019 年第 1 期）

夜宿山顶

_ 陈维锦

当群山无数的盘旋被拉直时
上山的北风已吹扁下山的落日
我们裸露于 2500 米高空
唯有身体两侧的古老街道
内衣一样遮住我们的羞耻

这是有生以来漏洞最多的夜晚
湛蓝太薄了，无数的星星漏下来
填补了山顶的苍凉和空旷

水池也被星星灌满，我捞起一颗
但它瞬间碎了。作为晚餐
它的湿润与糯软正好咸淡适宜
但作为晚餐的谈资它是小了些

关上窗户，风声转去掀翻屋顶
不远处值守的灯火一直在偷窥

你远道运送过来的关于自由与信念的秘密

睡吧，用隐痛的左手抓住云梯不要坠落
把云游的思想卷入身体的最深处
据说梯田是 50 度，沟壑是 90 度
而采摘阳光
需要使劲摁住群山拖沓的裙裾

（原载《星星》2019 年第 8 期）

叙旧偶记

_黎阳

一匹穿行在都市的铁马
岁月轻松地粘贴在车轮上
马背上的目光　还在远方
或许远方的远方
才有最后的光芒　点燃黎明

这些云　在若干年后没有散
那些雨没有散　只有一行足迹
蜿蜒在天路的下面
留给岁月一幢渐行渐远的背影

（原载《延河》2019 年第 8 期）

虚无的味道

_李龙炳

这是秋日，我和一只蟋蟀的对话，
已经压低。
观察地下的黄昏，十月的光线
吊起织布机。

你有发热的功能，
有一种温暖就是
小乞丐在草垛中，
吐出的舌头绣着大公鸡。

一个小女孩，
一身白色，像一场雪提前降临。
从山坡的石阶上，
来到这里，看孔雀开屏。

嘴里面有孔雀的人，
有人告诉她，
那是今天的导演，
正在说，西北有盛世之危楼。

她的母亲，穿着红色上衣和我擦肩而过，
我恍惚了一下。

我是十九世纪的建筑，
身上写满了拆字。

我要花钱才能进入你的庄园吗，
追随蜜蜂，甜是虚无的味道。
庄园的后面有工地，
工地的后面还有墓地。

（原载《诗潮》2019年第5期）

爬了个开始

_灵鹭

穿过藏民的房屋
在狗吠声中化险为夷
我们踩在石头上
去爬一座根本读不懂的山

没有人知道是哪一根筋在指使我们爬山
仅仅是出于好奇
还是它过于凋零
而山并不与你合作
很多次
我们仅仅爬了个开始

（原载作者新浪博客2019年9月12日）

一个迟疑的人

_ 刘红立

一个迟疑的人
新旧交替之际。该来的雪
没有覆阶。没有“沙——沙”掩盖的脚步
幽梦也没有圈进鸡鸣狗吠
拉不拉开呢，那一帘

偎在屋子里。视力
想象的寂寞无际
在黑暗之外擦拭太阳的翳膜
喉咙沙痒，渴望水
从眼角处沁出的稍带咸味

鼾声的墙体一个接着一个
空洞。建筑工地搭建的工棚
居无定所。流浪狗
兀自践踏漫无目的的期许

雾霾把高楼喷涂在浑浊中
纸壳般单薄
洒水车试图清洗出它们的维度
一幅灰头土脸的年历
小心拾起，悬挂何处

一个迟疑的人
反复比画将断腕和积习一并交出
的动作。泣鬼神惊天地！
他就此成为一位壮士
新旧交替

（原载《中国作家》2019 年第 1 期）

永陵舞伎

_ 彭志强

她是油灯燃烧时的梦。每一次转身
都对闯入体内的鼓声过敏。

英雄奸佞均已到齐，她却还在
摇摆不定的火焰中，寻找意外。

像是利剑找人封喉。
又如枯花寻觅蜜蜂。

挤在缝隙里的风因为危险，而无形。
形同霓裳的云调试的夜色变得紧张。

蜀王举杯，用她的羞涩
和身子软下来的舞退兵。

酒是剑，眉是弓，红过夕阳的红
从她的脸蛋飞出。

喧哗照亮的灯笼，鱼一样游走
艳丽了五代宫词。

一千一百年太快。
只争一良辰。足够月亮后悔一夜。

如今脱落的表情，被时间偷走
她的身世和睡眠。

还有更重要的赶路人从虚无中赶来。
在月光照不到的地方，赶来。

比如闯进迷路的我。和她一样
不甘心困在石头里，没有出路。

（原载《诗林》2019 年第 3 期）

送行诗

_凸凹

一月两次赴渝。高铁很快——
快过了一个人的生命，又很慢

——慢过了我喷咳而出的悲伤。
一闪而过的风，刀子样
将窗外的物事割脱了形
像细胞、化疗，将一个人的尊严
打成鬼，又打成人——就是不打成
我少年镜中的原形。死亡
从牙痛开始，在入冬的海南起火
在一个人的身体里
标注逗号、句号。这个人居重庆
是我幺爸，叫魏堂阶。
这个人的堂子里，牵连着满满的金玉
而我，正是玉的儿子。现在
堂子没了，整个重庆的气场全散了
——江雾怎么忙碌，都是虚构。

（原载《草堂》2019 年第 6 期）

长江鹅卵石

_涂拥

最先见到岩石，是在青藏高原
有棱有角
稍有风吹，便从冰雪突围
我在泸州再见时
它们已改名鹅卵
激流的日子

激烈的冲撞与挣扎
从千军万马中杀出时
已经沉重光滑
尽管变形了
仍有不少状似老虎狮子
隐约看得出
当初一块岩石的理想
令人吃惊的是其中一枚图像
大家都说像涂拥
我也只好默认
只是石头变成鹅卵要千百万年
而我有活得太久的伤感

（原载《草堂》2019 年第 8 期）

我有大把新鲜的事物

_ 钟渔

经过的山水，一再
新鲜。我竟从未把你看清

我触摸到你的局部，似乎想起了
什么，但转身又忘记了

有好几个月视野小了，又浅了
秋天开始辽阔

放下手里的书，去给龟背竹浇水
去山边等云。这才是大事

躺着的时候，看着树影
在窗帘上跳跃，尝到欢喜的滋味

长尾雀秘密地撑开枝头的距离
天空得到暗示，蔚蓝起来

不允许任何人胡思乱想
窗户下，一格一格的落日真美

我爱过每一种没有你的情形
渐渐地，我就回到了山顶

我有大把新鲜的事物，喂养远方
深秋的我接近少女时代，又无比晚年

（原载《星星》2019 年第 2 期）

鹅黄诗

_范倍

油菜花施展明媚的才华
把人们引向辽阔远郊。
新近整修的宽敞道路，
缓缓移动的车流，
轰鸣着春游的经济主题。

刚刚下车的女上司，
妖娆地跨过晦暗边疆，
走向绚烂的黄色中央，
名牌手提包甘于深黑
仿佛装载了无可奉告的秘密。

小粉红们当然无法相信
春天卓越的行政能力。
她们终于鼓足虚拟的勇气，
从国际大都市的地下室
冲进琳琅满目的古典超市。

遍地是笑声！孩子们
追逐着风筝与自由。
最乖巧的那个，她的帅气父亲，
一家国企的总裁兼总工程师，
架起吊床。刹那间，两棵树晃晃悠悠。

（原载《诗蜀志－诗镌（2018卷）》2019年出刊）

有雨落在她身上

_红线女

这是农村商业银行门前的空地
不知名的行道树挨挨挤挤
来来往往的车声和喇叭声彼此嘶喊
暴雨掉下来，落在她的身上

周围有豇豆、黄瓜、西红柿
李子和玉米不是蔬菜，但夹杂其中
拐杖很旧，像九分之一月亮的影子
她颤巍巍地站着，被湿透的身子似乎更小
俨然那些雨，成了黑暗和寒冷的丝线

风偶尔来过问一下
仿佛黑暗的否认者，让我从
一场暴雨的背后去认证

一位八十二岁的老妇那低矮的菜篮
一位八十二岁老妇强悍的生命

豇豆们、黄瓜们、玉米们、李子们
旋转于四面来风，击碎了整个夏天的午后
大街上依旧车水马龙，歇了一阵的暴雨
又举起喧闹的大海，前仆后继
而她依然颤巍巍地站着，又颤巍巍地坐着
面前的菜篮里，三把青菜一动不动
仿佛单薄的命运，在现实的面前总是那么无能为力

（原载《西北文学》2019 年第 2 期）

我要把那只蝴蝶喊出来

_华万里

我不同晨风对语，我只在紫藤花掩映的窗口
凝视，我要把那只蝴蝶喊出来
从她身体的花园，睫毛下微漾的初醒
我只是想多看它几眼，不想它在她的春梦里睡眠太久，折损了
翅膀和花纹。因为，我知道，爱情
就是一只苦闷之蝶，来自情感的蛹。蝴蝶容易
轻易负伤，喜欢落泪。我要把它喊出来
我的词语为其生，而不能
成为笔画的灰烬。我的诗歌因其惊艳，也许我就能

因一只蝴蝶的爱恋而怒发冲冠。我要把它
喊出来，从闺房的花苞。我要把它
喊出来，那朵花里，不能只有半边春天

（原载“华龙网”2019 年 7 月 21 日）

建议

_娄格

你应该去读读桃花
就在隔年的春天
就在二月
它干净。漂亮。年轻
可以用毁灭
来证明它对生命的负责
如果你这辈子都没有交上好运
那么你对桃花的误会
是我所不能理解的

（原载《星星》2019 年第 3 期）

稻草人

_木兰

你没有脸没有肉　也没有魂魄
没有风时　你一动不动
只有当风吹来的时候　你才能左右摇动
去赶跑飞在麦田的　一群小鸟

鸟儿第一次看见你　吓得飞快逃走
鸟儿第二次看见你时　它从你的身上
叼出一根　枯黄的稻草

可鸟儿第三次看见你的时候
它却唱着一首轻快的歌儿
然后在你的头上　留下一堆
发臭的鸟粪　还有它梳理时落下的羽毛

（原载《世界诗人》2019 年总第 94 期）

同样的风中

_ 冉冉

在同样的风中
这些花木宛若哑巴

风啊　吹拂那些樱花
那些李花　那些桃花
吹拂那些睫毛样细密的柳叶
那些粒状的苹果和枇杷

吹啊　像吹凉秋水
重新将氤氲的大地吹暖
同样的风中
树与树是多么不同

同样的风中
树变肥　草变绿
果子变圆　鸟变黑
吹啊　连绵无尽的风
在深深的秘密里
我的血　我的情爱
向你涌流

（原载《文学新时代》微信公众号 2019 年 3 月 8 日）

薅草的人

_唐诗

薅草的人
是我白发苍苍的母亲

正午很正
母亲的身影却有些偏斜

烈日像一团很重的火
压在母亲佝偻的背上

我听到母亲骨头里
很老的铁被烤得嗤嗤地响

母亲破旧而单薄的衣衫上
凝满汗的灰烬

而母亲低着头
仍在缓慢地移动

儿女们在母亲的远方
心疼得直淌泪

坡边的鸟儿瞧了母亲一眼

顿时急白了头

（原载《岷州文学》2019年春季卷）

下司木牌楼

_冷燃

在下司，那些成材后被伐倒的树从未死去
它们砍掉牵挂的枝丫，剥去遮羞的外衣
一棵榫卯另一棵，向上攀升

用一生，竭力靠近云朵
靠近蓝天上悬挂的鸟鸣，居住在木楼的人
轻易摘下星辰

还有一些树剖开，露出蜿蜒的文身
向清水江吹来的风，证明一生怀揣的痴情
一扇扇体内掏开的窗，总有花与鸟
长久凝眸

更多的树木，从刻刀的锋刃上，不露痕迹
起身，炼出荷
炼出莲，修出人形。沿着神的光芒
亦步亦趋

一切，在木质的肉身上定格
一切，在木质的眉眼上
鲜亮。复活

青苔婆娑，岁月在下司的木牌楼上堆叠
青铜的颜，轻轻擦拭
每一条细密的纹皆是，清水江
不肯轻易皈依大海的洄流

（原载《苗岭》2019 年第 3 期）

奢香驿道

_蓦景

踏着光洁湿润的石梯
那些枝叶与藤蔓纷纷围拢过来
当年的空气也浮动起来
原来，隐秘的驿道还倾吐着
夫人当年的气息。此刻
是谁在倾听

一堆古老的符号
从路旁的树根里，从草丛间
纷纷扬扬，伸出头来
不是咒语，那是彝家世代刻在

古驿道的歌谣，是留在
水西古城的故事

远眺龙场高岗，烟云相连
那连通四方的驿道，纵横千里
它们蜿蜒而来，从山谷到
山巅，到每一个梦发芽的地方
驿道一路延绵，打通古今
两旁的风物喜极而泣

火把将黑夜全部点亮
布谷鸟的鸣叫，唤醒了乌蒙山
那一年，杜鹃开得死去活来
顺德夫人的封号，被大明
举过群峰，叮当作响的银饰
闪动水西遥远的传说

（原载《长淮诗典》微信公众号2019年9月16日）

夜读

_南鸥

夜色越重，灯盏越亮
打开枕边的书卷，我总是把黑夜
读成白昼。总是让汉字
温暖如初，透出体内的亮光

房前屋后的星星，总是
眨动天鹅的眼睛，再次说出
夜的秘语

那旧磁带，收留的日子
就像一排排汉字，在手指间移动
阳光返回了童年，它们也
回到初心。当记忆在午夜盛开
黎明睁开天鹅绒的绸缎
原来，那是被月光
洗过的时辰

（原载《贵州日报》2019 年 5 月 24 日）

一个哑巴为什么要捂住嘴巴

_ 陶杰

前两天包保干部来到姐姐家
他们都和颜悦色
还带来了菜油和馒头
一年能收多少粮食
一两万斤，姐夫说
家里养了几头猪
两头，每头四五百斤
这个一辈子老实巴交
三拳打不出一个屁的农民

突然满嘴跑火车
几只母鸡也变成了
几十只，大蒜也要卖几千
他倒茶，敬烟，端着一盆玉米棒子
请他们吃，求爹爹
告奶奶：麻烦政府
多多原谅，搬到城里
我们绝对是死路一条
吃皮菜都要买，寸寸步步
要花钱。还有我媳妇
又聋又哑，住不惯城里
要是我不在家
她连棵葱都买不到，只能喝
西北风。如果一定要我搬
求你们手下留情
不要挖我的房子
让娃娃去城里，我们
留在农村种土地
包保干部们都叹气
说你家的情况我们都理解
深表同情
但不搬不行
房子也得挖
这是政策，请你们理解
有人提出要看看姐姐
姐夫领着他们来到柴房外
柴房的门被姐姐
从里面关紧了
姐姐躲在一堆柴后面
嘴巴紧闭，她害怕自己
发出咿哩哇啦的声音
这个一辈子没说过一句话的哑巴
连大气都不敢出，她甚至
像我们一样紧紧地

捂住嘴巴。姐姐不过是
想让自己哑得更彻底一些

（原载“中国诗歌流派网”2019年8月12日）

万籁俱寂

_徐必常

终于有一刻，万籁俱寂
谁都安静下来
就如一个人没了病痛
感谢这个时候
因为你感受不到谁的存在
包括自己的耳朵和鼻子

都睡着了
都放下了
都与身外之物无关
都能敞开各自的胸怀
而不担心良心暴露
或者被狗惦记

终于在此刻，万籁俱寂
即便一个人思念一个人
即便时光倒流或飞逝
万籁俱寂

此刻终于不必去揣摩风的去处
更不必刻意回避一滴雨

（原载《星星》2019 年第 6 期）

西安碑林

_张引力

把山川搬到碑上的人，转过笔锋后
跌入砚池，淹死的汉字借着石头的浮力
爬到刻满诏书的九鼎之上

向山那边挥舞乌云
营养不良的寺院，诱拐祖宗的私房语
文人雅士喝醉后的饱嗝
撑着词赋一站接力一站

石匠借用日月的火气，把草木的牢骚
拓印进三千年深的沟壑，天空响起叮叮当当驼铃
凿出流沙和江南桨声。行云流水对弈中
撒豆成兵，征用了熙来攘往的笔画
一撇划掉江山，一捺拂去美人，竖着进去的人
横着就躺成了真迹

在城墙对着碑林摇动鹅毛扇
搅起三尺灞河的墨气。值班千年的汉字

火气超过今天气温 38 度留下遗言
转身就走的人成功躲入阴凉之地

只有这一动不动的墨迹
被人拍照被人指指点点，恍如失手伤人的孩子
拉着残肢去找兵马俑疗伤

为石头刮骨疗伤的人
有的改行经商有的躺入皇陵。听笔画窃窃私语
重达万斤的怨言和入石三分的怒气
虚拟华清池的袅袅青烟

隔着唐朝桑林给陌上的秦汉浇水
穿过民国断桥为元明擦汗，刻在江山上的
美人痣，耗尽长安城所有春秋笔法

（原载《安徽诗歌》微信公众号 2019 年 8 月 18 日）

泪已风干

_ 郑继国

那时候天空很高，我们很矮
土地贫瘠，我们瘦骨嶙峋，并肩一站就像
一双筷子。同夹一盘菜同吃一锅饭
稚气在旋转中滑落，傲气在碾压下消退
只剩几根骨头还在挺立

眼泪是最小的海
我用它来淹没你的身躯，生死相依
如十指相扣。我跪在地上向苍天借力
捂你在人间最后的温度
长度，浓缩进短窄的匣子
泥土覆盖所有秘密
有的灵魂停靠港湾
有的灵魂仍在漂泊，杂草，不请自来
以丛生的方式与你依偎

其实，我们只隔一道屏障
一面为阴，一面为阳，多少次你把屏障移开
一同复活的还有房前的橙树
我们是树上那窝雀，展翅飞越万重山
衔着故乡泥，泥土。孕育着多少生命
烟农的希望正从中拔节，你埋下身子
贴在田间地头，聆听烟叶的细语

衣食住行，悲欢离合。现在
你和祖先们一样安静不理世间一切喧哗
我喊山，山不语。我喊你，你不应
我没有唤雨，却大雨滂沱，泪已被风干
而痛如藤蔓。现在，暮色四合
我独依茔树，看你的身影在枝头晃动
星辰在遥远的夜空升起

（原载《贵州作家》2019年7月2日）

听海

_爱松

掏出手机，弯下腰
想让你听一听：

一个婴儿挤出
母体的声音

一张嘴唇
贴近火焰的声音

一串果实暴动
秋天的声音

……还有我
为你，最终摁下的静音

（原载《卡丘》微信公众号 2019 年 8 月 29 日）

与萧红书

_陈衍强

为什么我要幻想
在天上飞来飞去
生逢乱世　饥寒交迫
依然把浪漫当食物
就像风吹寒冬　旅馆
陷入去年的大雪
在冰冷的世界　你用孤独
留住我的孤独
我和你相互取暖　日久生情
火焰从东北一路向南蔓延
命中注定　我和你的纠缠
是文字与枪　是挣扎和绽放
因为像酒鬼饮酒一样饮你
我可以改名　与你同姓
然而爱情和婚姻
不是两人合写一部小说
生活破碎　现实残忍
那通往黄金时代的幸福
比远方更远　比吼叫更绝望
大敌当前　书生也是英雄
亲爱的　就算你用仇恨
从我身上撕裂所有的恩爱

我也要为祖国擦枪走火
直到躺在呼兰河的涛声中
脸上覆盖你的萧萧落红

（原载《解放军文艺》2019 年第 4 期）

夜间诗（节选）

_ 海男

1.
房间里，所有东西比一生中任何时光都开始柔软起来了
如果历练我的时间，让我在洁白的棉花中早早睡去
神啊，我亲爱的神，时间已到了，我听见了
用自己的一双手合上窗帘的声音，我还由此听见了
我平静的心跳，重新将我带到了黑暗的
房间里的掩门声。神啊，请赐予我一个未知的语词吧

2.
一个语词下滚动着暴风雨，一个身穿长裙的女人
奔跑着，她手中没有伞，她本可以驻足
与暴风雨拉开一段距离，像许多人一样站在屋檐下避雨
然而，她奔跑着，我突然感觉到她的形体
是戏剧的一部分，而她裸露的脚踝膝盖骨
是一座舞台上的高潮。人们目送着她在奔跑
仿佛观望着自己生命中正在遭遇的惊悚闪电

3.
我已在之前的娱乐节目中隐退而消失
为了在一本书中与我的魔鬼和天使相遇
我将舍下与你们赴约的机会，我将舍下天上的月光
去一座古老的旧城堡，寻找到交叉小径深处
那把油漆斑驳而尽的长椅，我将等待那使我再生的
一道符咒，一个勇士，一个曾视我为玫瑰花冠的神秘使者

（原载《滇池》2019 年第 1 期）

我们的父亲

_ 胡兴尚

他们集体老去
一天天挨近黄土
秋天的茅草
一片片倒伏下去
肚皮紧贴大地
最后的飞翔力不从心

他们在石头中散步
我们的车马一天天远离
运回烧荒的草木灰
梦想着养肥父亲们
比五月更高更大

我们的父亲在慢慢变小
小成一个割伤大地的暗影
寄身尘埃，泥巴的房子
流水东去，洗不白
他们堪比黄连的苦命

我们的父亲
有时是皮鞭下的黄牛
有时是山谷里的清风
有时是我们肉中的刺
给我们再多的泪水
也填不满空阔的人间

（原载《草堂》2019 年第 9 期）

不安的美

_雷平阳

浑身都是寒光
我只在夜晚闪烁。那些优雅
的美，我已一一放弃
留下了清凉、孤单和寂静
我要的就是这些，别人的垃圾
如果可能，我想在皇帝的书房内
饮毒酒，在李白的诗篇里
挥剑自戕，在金字塔上吊死

那些炮灰、蝼蚁和刺客
他们不是我的兄弟
我爱过一个女子，她在
一个国家的土地上，在一个国家
不断加厚的历史书里
呼天抢地地哭，哭倒了长城
我爱她，一直在找她，她有着
人世间全部的不安的美

（原载《小众雅集》微信公众号 2019 年 3 月 6 日）

弃物

_ 于坚

我不常到此　仿佛死者垂下的手　你不能再握
堆着弃物 旧盒子　过期杂志 二十年前的布娃娃
外祖母的黑箱子　有些东西我们永远不敢遗弃
含义不明　下不定决心　留给下一代的冒失鬼去扔
他们也不敢　于是留下来　成为一个禁区　在楼梯下面
在从前某人的小房间　屋后　阳光不管的一角
发现了一棵小树　在黄昏　已经长到膝盖高　哪儿来的
种子
从旧相册里　那位怀孕的褪色妇女？叫不出名字
还有什么没有种下？绿茸茸的卷发上满是小耳朵
在向我炫耀着年轻　生机勃勃和幽暗的青春——
我不常来此　那台旧钢琴暗哑多年　会弹的人走开时

忘记了合上盖子

（原载于坚新浪微博 2019 年 6 月 9 日）

清平调

_祝立根

云抱住了山，就是雪
流进村庄就是沙
飞进眼里，就是盐粒
母亲把眼泪偷偷掉进锅里
孩子们，无忧无虑
麦苗一次一次铺绿了光阴的两岸
它们不相信命运，每一次成长
都会更加努力……
是的，火把一经点燃，就得传递下去
寺庙一旦建立，就该在同一片瓦砾之上
毁了又建，建了又毁
这就是未来，和过去
这就是现在一直在我们肋骨间
回荡不已的钟声

（原载《十月》2019 年第 3 期）

成语

_病夫

明珠已经暗投，悬崖无法勒马
我把火包进纸里，并埋下银两
傻笑，让你看不见那把匕首
守株，不是等待那只该死的兔子
而是那朵穿裤子的云
望梅止渴，路漫漫无穷兮
浅斟慢饮，无心点秋香
沉鱼落雁是朝思暮想的美丽
三千里路云和月，打马而过
鹤舞白沙，青竹之上刻满泪迹
坐拥一女子而百城如尘埃
那张纸醉成写意的牡丹
黄金失魂落魄，没有方向
我胸无点墨，只书写祭文

（原载《新诗馆》微信公众号 2019 年 9 月 5 日）

草们

_韩玉光

秋天正一步步逼近
滹沱河边的十几种野草……

白露过后，秋分
寒露过后，霜降

而草们浑然不知，它们不舍昼夜的样子
依然像是活在春天

活在夏天，我不知道
该以何种方式来送别

我们非亲非故，非敌非友
我们的语言，亦无法同声翻译……

（原载《诗潮》2019 年第 2 期）

大雪中去见一个人

_李栋

大雪中去见一个人
一定是有白头的向往
风从湖面吹过
尘世薄凉
未收割的蒲草不断地摇头
有时是一声叹息
如果你中途停下来
听一听湖水结冰的声音
会不会因此踌躇不前
会不会看到坠向彼岸的落日
已渐趋圆满。如果
幽居的人不希望被打扰
她的窗前，雪会覆满栅栏
如果她满怀忧伤
请带上幽深的猫眼石
为新堆的雪人装上眼睛

（原载《诗刊》2019年第5期）

无所诗

_宋石头

把城市放下，把娘放下，把身份放下，去山中
身上只留自己
夜深了，恐惧来了，你看见了恐惧的样子
长得像自己

（原载《单行道》2019 年刊）

容器

_唐依

毋庸置疑，抽出的烦恼都被装了起来。
在杏花村，慢吞吞的活法
在这个容器里

车行进在路上。每一次冲刺都渗透
决绝。仿佛一头扎进黄昏哪儿也去不了。

鸟在湖面踮了踮脚就走了
一种被烈酒裹挟后的清凉

在杏花村，我有一个兄弟
他就像酒瓶上的釉
还没有被打磨光滑的粗粝
我总是痴迷气息被打乱后的陌生感

在容器里
酒是一种比孤独更大的词
人总是朴素地不自知
当我决定攥紧拳头走出睡眠
两寸高低门槛就能把我绊倒

我的兄弟
每一个夜晚都会闪烁微暗的火
我有你没有描述过的悲喜

（原载《草堂》2019 年第 7 期）

尘世

_ 王俊才

路走着走着就宽了
水流着流着就远了

庙越守越小，木鱼还在
老和尚不见了

大雨来临之前
蚂蚁匆匆搬家，半句话也不说

仿若一开口
就会泄露故乡的愧色

（原载《单行道》2019 年刊）

降临

_薛振海

谢谢你的降临
带来一千千克的硫黄
一万吨的铁
布谷鸟的血嗓子

星光摘下
越烧越大
青春的洞
谢谢汾河长成平原
石头还有
饥饿的嘴

停下来吧
看看春天
看看一月怎样变成破铜烂铁
青春期的血
怎样被反对派喝光

没有布谷鸟的春天
谁能测出
大海到星辰的距离

（原载《草堂》2019年第7期）

陶俑

_张常美

一支小小的纪律严明的部队
小小的人骑着小小的马
执着小戟，举着小旗
整装待发。完全不像是在展览自己

朝代几经更迭
这队陶俑仿佛是走小的
他们满身裂纹
一路上，再没有领受战功和奖罚

除了剥落的油彩
已经没有什么值得坚守的了
除了那几行关于身世的模糊介绍
再没有可以供人议论的了

他们紧绷着脸，充耳不闻
玻璃外面的世界
他们竖着耳朵
仿佛等着谁的一声解散

（原载《诗刊》2019 年第 4 期下半月）

圣物

_张二棍

多年前，也是这样骤雨初歇的黄昏
我曾在草丛中，捡拾过一枚遗落的龙鳞
我记得，它闪烁着金光，神圣又迷人
它有锋利的边缘，奇异的花纹
我闻到了，它不可说的气息
我摩挲着它。从手指，一阵阵传来
直抵心头的那种战栗。我知道，我还不配
把它带回人间。甚至此时，我都不配向你们
述说，我曾捡拾过一枚怎样的圣物
我又怎样慎重地，将它放回草丛。我目睹
一队浩荡的蚂蚁，用最隆重的仪式
托举着这如梦之物，消失于刹那

（原载《诗刊》2019 年第 1 期上半月）

主簿

_阿色

古老的洺河早已断了流水
他坐在马车上
观看他的马夫和马
远处
白云黑鸟一起拉低了天空

那些粮马　税赋　户籍　火耗
那些官印　唱喏
那个
牵绊了大半生的小县呀

出了城门有树林
林外　林内有人家
房子不高　篱笆不长
灰灰菜和泥土
保持着自然的腰身
脏脸的孩子在水边嬉戏

他们都有一个低贱　专属的名字
供母亲呼唤
他擦擦眼睛　张张嘴
车轮辘辘
他的马夫没有听清

（原载“中国诗歌流派网”2019年4月15日）

形状

_陈红为

仿佛挖坑植树
抑或掘井取水
水，在河里是河的形状
在井里，是井的形状

大树的影子有时长
有时短。太阳下
人的影子是分不出贵贱的
有时像木头，有时像水
泼在地上，什么也不会留下

（原载《芒种》2019年第7期）

生锈的剑

_董贺

被活埋，让泥土蒙住眼睛
被冷落，锋利的言语都烂在肚里
如今斑斑锈迹，像被冤枉的汉子
伸直脖子，喘着粗气。在草地上
简单、平常，风的抚摸——舒服
鲜亮、自在，沐浴着恩光
骨底的抵抗、挣扎
以瘦弱的柄抵着大地的咽喉

当偈语响起，四野苍莽
如一帙即将消失的经文
坦荡，拒绝接受以外的东西

捧出炫目的笑，生硬
我只是神藏下的一根暗刺

（原载《四川文学》2019 年第 6 期）

秘密

_康文静

春分。隐藏了许多秘密
一些零散的词语
在空旷的田野上孤独地站立
大山保持沉默

春分，这一天同样把秘密透露了出来
零散的词语，进行着紧密的排练
转换成秘密之中的进行曲
山高水长，都已不再保持沉默
风把这空旷的田野吹响
我就站立在中间
诉说一场秘密的词语
所有能说出来的秘密
都已不再是秘密
那些被尘世遗忘的词语
在这一刻有了春的气息

（原载《中国汉诗》2019 年第 6 期）

中年妇人

_林荣

一片叶子，从枝头
摇落，在空中划了一道弧线
人到中年，她越来越专注于孤独之美
不再需要被谁引领着穿过夜色中的玫瑰小径
也不再需要用浓茶赶走倦累的阴影
你对她说起外面的声色和繁华
她淡淡地说：无雨，也无风
但你可能不知道的是

当她这么说时，心口轻轻地疼了疼
她快速地侧过身去
装作无意地，揉了揉眼睛

（原载《当代人》2019 年第 3 期）

收音机

_ 孟醒石

小时候，我有强烈的冲动
拆开它，看看有多少人关在里面
没想到里面全是电子元件
串联成迷宫，干电池腐烂流脓
喇叭上的磁石，吸附着大量铁屑
肯定经历了一场场交锋
究竟谁对谁错？

三十多年过去了，我忽然明白
收音机，这一命名，暗藏天意
它们真的把声音都收走了
像一个个骨灰盒，静静地停放在灵堂上
收走了一位位老人，带走了很多秘密
任凭子孙后代哭泣，扼腕痛惜
也不开口说一句

（原载《诗潮》2019 年第 8 期）

猪

_蒲阳河

一勺一勺。喂养
这个字，越长越肥
一刀一刀。剖析
这个字，血肉模糊

躺下来时，每个人
心中都豢养
一个摇头晃脑的家伙
站起来时，每个人
手里都紧握
一把冰冷刺骨的刀光

（原载《唐河文学》2019 年第 1 期）

游戏高手

_王卿

爱我的人，给我一把刀
恨我的，也给我一把
我曾以此为耻，现在以此为荣

爱我的人，递来一张纸
恨我的，也递来一张
我曾以此为忧，现在以此为乐

案板上的光阴、纸上的日月
又悄悄送走一个人。鸟雀散尽了
雪地里一片寂静

有人藏好刀和笔、拿起扫把，走进
苍茫的人世，有人已来不及
拨开雾霭。我曾为此心伤
现在不了

这一生，我给自己摆了无数个笼子
一生都在找那个藏钥匙的人

（原载《诗选刊》2019 年第 5 期）

狗尾巴草

_ 大枪

在此行 3000 里行程的终点，我突然看到
狗尾巴草，这些多年不见的山里的兄弟
虽然之前我还看到芨芨草，地榆，裂叶蒿
野豌豆，唐松草，歪头菜，花苜蓿还有驴蹄草
但狗尾巴草的出现，仍然让我坐怀大乱，让我
语无伦次，让草本和木本开始乱伦，狗尾巴
草！多么有体温的词汇，多么，内蒙古
它曾经的领袖，早在 13 世纪，就用铁骑向世界
秀过肌肉，此时，世界早已经没有成吉思汗
他是高贵的蒙古王（当然，在草原，没有一棵草
不是高贵的），这里只有触手可及的狗尾巴草
半举着它们的旗帜，既不下垂，也不坚挺
只让种子跟着风飞行。我只想像个同类
抚一抚它们，并不奢望和整个草原发生反应
草原是成吉思汗的女人，我不关注这些
我眼里只有狗的尾巴在起伏，像 18 岁那年
我的尾巴在起伏，其他的一切都是视觉盲点

草原也和世界其他地方一样拥挤而孤独
草拥挤到看不到草，就像人拥挤到看不见人
但我们依然能发现彼此，这是情人才有的体验
躺在它们中间，阳光亲切地阅读着我们
狗尾巴草，像月嫂的手，让我的身体温暖安静
让世界温暖安静，这一刻，世界停留在我的童年

（原载《绿风》2019 年第 4 期）

病后的父亲

_李金昆

春节前的肺部感染
把我八十八岁的父亲击倒在床上
像伐下的渐渐干枯的树

我去看他
他叫我一声“老大”
表示他认出了我
旋即他的意识折回去
折回到他的世界里
像电影的蒙太奇
他说了几句含糊不清的话
分明是说给他世界里的人的

他把现在与过去颠倒了

他有时忘了我们
却忘不了碎片式的记忆

且把记忆当作正在发生的事
就像早已死灭的星星的光
刚刚到达他这里

（原载《诗歌周刊》2019年9月总第374期）

中午

_马累

午间浅梦。
我亦看见自己的稚相，
在一场源自故乡的
雪中，或匍匐，
或伫立。
但我梦见的明明是春天，
燕子清晰，已落
檐下。
醒来，恍惚，
桌间的茶水已凉。
我深知自己并不具备相反的能力，
在真理的表面
凌步微波。
我只是深信文心可雕龙，

不去伤神又一个
中午消逝时的恐惧。

（原载《诗歌月刊》2019 年第 4 期）

立春

_散皮

一大早我就忙于布置风景
三间木屋坐落在山脚下，树枝
做成的栅栏环伺四周
山顶上，一架风车凝固成照片
即便我说有风，也不再转动
半山腰，曲折的山路透出一点白
其他的段落走入了树丛
春天还没把往事全部遮蔽
两只飞鸟在风车的上空，飞行状
但一动不动，时间
被截取了视频的一片，正好
站在山坡，向阳的一面
走出柴扉的我，大约
是未来的某一天
一只狗，走失于画面之外

我把风景设置返回老家的路途中
所有那些静止的

都在发生

（原载《山东文学》2019年第2期）

羞惭之诗

_石棉

田鼠也会悲伤？拖着
疲倦的尾巴，在田野里走
那个简陋的家里
孩子们快要饿死了。冷风
灌满了小小的身体，它明白
它们活不过这个冬天
它现在只想回家，跟孩子们
死在一起。它在田野里走
缓慢而又悲伤！写到这里
我感到羞惭
我过完了半生，却对田鼠的世界
一无所知。我不知道，最后一刻
当它终于回到家，把孩子们
搂在怀中——对
就是那一刻——应当让它感到幸福
还是让它继续悲伤？

（原载《诗歌周刊》2019年7月总第366期）

大成殿的月光

_唐江波

肃立，仰望。我在等待一缕月光洒落
把大成殿每一根雕龙石柱和飞檐斗拱照亮
今晚的月光慈祥又善解人意
2500 年前，它也像今天一样照着鲁国的孔丘
一个把“德”“礼”高高举在头顶的人
一个以政为德、博世济众的君子

竹简太轻，心事太重
脚下的流水将时光带走
风依次吹过鲁国、卫国、郑国的上空
从南往北，从东往西

有理想照耀着，再曲折的路也不遥远
功名利禄只不过是浮云抑或稻草
《论语》是一粒干净的谷子
在千年农耕的雨里伸出历史
时光如此欢快，岁月更迭，月亮圆缺
一个人怀抱理想，奔跑的日子
纠正一颗树、一根禾苗生长的方向
不必做一个衣锦还乡者
为了理想可以无怨无悔
正如生命可以腐朽

思想却可以光照千秋

此时，泗水依然长流，浮云飞翔
月光的箴言如流水
轻轻拍打安睡的大成殿

（原载《文化报》2019 年 1 月 12 日）

大雾中的三角洲

_ 王桂林

大雾使三角洲一无所见。
它感到自身的缥渺与苍茫。
我和三角洲曾经是
一样的土地模糊而沉默，
如今更浑然一体，难分彼此。
在大雾里面，黄河也不为所见，
但依然静静地倾入直到大海。
它本是地上河来自天上，
现在却化作一股民族的血脉
翻涌流淌……三角洲，黄河，
连同难以忘却的嘶吼
此刻都像大雾一样在胸中弥漫——

（原载《星星》2019 年第 8 期）

沉鱼之痛

_徐一波

在沉江之前，我心口的疼痛
魂牵梦绕，来自偏见的尘俗
一条浣纱的鱼，被丝绸纠缠
让冰冷的吴钩抚摸后
扭动着身子，它只与我的传说有关

感谢此生，我不虚度华年
馆娃阁里，我追问一只蝴蝶的力量
姑苏台上，我追问洗辱国耻的越王剑
响屐廊处，我追问春宵一刻的嘹亮
梦醒千年，我追问粮食的消化和分娩

我迷失了自己，在你烟波浩渺的眼神里
惊梦的水墨丹青，已画作沉鱼之痛
诗酒与共，让我的香舌化作大海的沙蛤
在烟火里相守，在玉盘里邂逅

（原载“中国诗歌网”2019年4月3日）

玫瑰颂

_ 羽萍

玫瑰
如此任性
美丽又生出刀尖
喜欢就喜欢
不喜欢就安静

像一杯浓郁的红酒
层层迷宫盘绕出爱的心结
高脚之上的香气
倾尽全身血液

玫瑰
如此坚硬又如此温柔
花刺就是牙齿
每一根都藏匿着醇美的词汇
如此笨拙又如此热烈
哪怕收敛一些花色

像一张欢喜的唇
让蜜蜂和蝴蝶寻找甜蜜的舌头
一层层洋葱般剥开
让靠近你的情人缓缓泪流

相比花瓶
你更喜欢泥土的拥抱
不必等待风
你舒展身姿时鸟儿就来了
短暂，或许吧
它不忍弄疼你
你不敢刺伤它

只要那鸟儿不停歌唱
你就提早开放

（原载《甘宁界》微信公众号 2019 年 2 月 14 日）

仅存的一小部分

_张海梅

借一棵树的根
繁茂一大片绿
我夜间探路，尽显愚蠢
赤手空拳，阻挡迎面而来的黑

触不到海底的沉船，捞不起水中的月亮
一种声音时时萦绕耳边，又恍若隔世

还要经历多少次挑战与磨难

才能完成一次圆满的修行
强度如此超乎常人想象
微妙而又超脱

发愿所有醒着的与沉睡的生灵
各行其道　和谐共生
横行、无理、妄语、毁损……
都要沉默或爆发

（原载《人民日报·海外版》2019 年 8 月 15 日）

早晨

_ 班琳丽

无疑，这是一个哥德巴赫猜想的早晨
一个句子猜想无数个句子。无数个句子，猜想一颗红豆

如果由猜想擦出火焰，就让它冶炼诗句，打一把刀
用皮肉测试锋芒，让感受寻找贴切的理由

自己划出的伤口，自己养
故作的平静。残忍？忍着点

这世间，自己从来都是自己的凶手，又是
自己的医生。用疼痛丈量的幸福，验证一颗诚实的心

叔本华说，认识乐观主义的反面需要的只是一颗诚实正直的心而已。

（原载《诗人文摘》微信公众号 2019 年 6 月 3 日）

退化论

_段新强

夜晚，我摸着自己
熟悉又陌生的尾椎——坚硬的
四小块骨骼，如肉体轮回多少次
也无法最终隐去的秘密

想起亿万年前躺在原始洞穴里的我
也曾摸着这个部位，虔诚地祈祷
早日甩掉——那个从脊柱末端延伸出来
左右摇摆的器官
让自己走起路来，背后始终是
干净的

而如今，一条无形的尾巴
在身后越长越大
携带着越来越浓重的体味，附生着
越加繁乱的毛发，翎羽，鳞甲
我明白了，自己为何会活得
越来越不伦不类
在辽阔的生命进化史中
人，一直在退化

（原载《莽原》2019 年第 5 期）

北纬 34°

_李双

怎么定义我的小麦面粉？
孩子们高唱一
雨水用苦涩表示了同意。
孩子们高唱二
燕子用死亡表示拒绝。
三是一件器物的另一半，像她在黑板上
描述一座山的侧影，方言在坡上
滚动。
谷底有落石，偶尔击碎屋顶，这样的事情
在大马士革，叫战争。
一个赫拉特男孩在纸上写下：月亮
是由奶酪做成的，但它会不会
是别的什么？

（原载《莽原》2019 年第 6 期）

灵魂的显影液

_纳兰

写诗度过糟糕的日子
就是从深林的当铺里赎回松鼠、野兔和陷阱。

一个人穷得只剩下信仰
还有珍爱的香柏树，膏油，光，盐。

扔出去的漂流瓶不会变成折返的
回旋镖。

真正的诗是一滴灵魂的显影液
照见你涂改过的足迹。

（原载《诗林》2019年第2期）

抽屉私语

_田君

仅仅一墙之隔
外面，就是全世界

而我，今天只关心自己
一具凌乱的旧身体
像被抽离原位的木抽屉

一棵树，或者一片森林
我只做过其中的一小截
曾经也严丝合缝

如今，只剩下了一个木头的名分
只有梦里才能够偶尔回一趟前世

（原载《扬子江诗刊》2019 年第 5 期）

回乡记

_ 行顺

现在，他们抱着的是：
手机、平板电脑
他们感兴趣的是：
吃鸡、王者荣耀
这些孩子
我无法和他们谈论
滚圈儿、跳皮筋、丢沙包……
我离开太久了
回来的时候
已没有一个孩子认识我
在他们眼里
我只是一个二十年前的老物件

（原载《诗歌周刊》2019 年 7 月总第 365 期）

黑天鹅

_张晓雪

它与生俱来的底色
当然不是黑暗诞下的。
它是旷野里的锈迹，

一点沉默，变黑的谜团。
一点神性，埋藏于群鸟丝鹭
和芦苇的摇曳中。

它把防备展开又抱成一团。
那一刻，务必高冷贵重
披着乌亮的反光。

务必看清凹凸不平
吉凶成败的河滩，
敢于立在银色的波浪里
做白日梦。

它当然不是白天鹅的一面镜子，
默默对视却一片模糊。

它绊倒过几只躲避的天鹅。
因渴望蜕变而使高瘦的身体

颜色加重。在它看来

所有的光芒都是微闭的样子。
群居中，它认命般地领受了
自己——一个旁观者，
一枚流浪的黑影。

（原载 2019 年《诗刊》第 5 期）

苦寒之地

_薄小凉

在我的家
冰箱是苦寒之地
是众生灵
葬身之地
那么多不屈的头颅
被我用几张纸买回来
领受这死后的暴雪狂霜
万命养我
我何曾养过万命
痛哭一场后
我拿出冰箱的美食咀嚼
像晚餐之前
漂亮的弥撒

（原载“国际诗歌网”2019年6月3日）

菊花与刀

_方文竹

回到泉冲村　三十年前的伙伴三禾
问我是否还记得当年送他一棵鲜花与一把弯刀的事
“鲜花抒情　温暖　刀子冷酷　残忍”当时我的句子

后来　后来呢　杀人的是鲜花
她却不会主动投案
救人的是刀子　后来还成为旁观者
而且刀子不放弃它的本职工作——对时间的肢解

我一转身　看见三禾仿佛站在
一轮既像刀子又像鲜花的彩虹桥上
他身旁的儿子忙于用花汁擦拭锋刃

（原载《诗参考》2019 年 30 年特刊）

魔术师

_高月明

在生产队的晒谷场，他真的，状作仙人
运足气，旋动五指
空空的右手
冷不防，往我的裤裆里
虚捋一把
然后握拳
吹口气：随着一声“变”
奇迹缓缓打开

一枚糖果的诞生
竟与蛋蛋
有着密切的关系
这不得不让我
产生联想
并且有了
批量生产糖果的想法

我暗自窃喜
以为找到了品尝甜蜜的
神秘的法门
同时打开的
还有梦中的反复演绎

和同伴的惊奇
这种白鹤亮翅的一捋
能化腐朽为神奇
多么的不可思议

我的困惑
不只是来自
这路指蛋为糖的魔法
而对于糖果的迷恋
使我战胜了生活的苦难
对未来充满信心

时至今日
让我感激不尽的
是魔术师
给了我最初的
超验的启迪
以致让我对这个世界
始终保持了
最初的热忱和警惕

（原载《诗歌周刊》2019 年 9 月总第 374 期）

人在路上

_ 江文波

人在路上，总会遇到风
如果风太大
我就扶着自己的思想
站立一会儿

我常常暗自庆幸
在别人纷纷趴下的时候
我扶着自己的灵魂
站立了一生

（原载《作家天地》2019 年第 8 期）

翠绿的叙说

_金国泉

戒律就在你的体内
一节就是一次自我叮咛

那只百灵鸟的鸣叫
那些浣女归去的喧动
一切浓淡均胜过高山流水

要积聚多少星光与露水　才能
涤荡出这片翠绿的叙说
风有多清　叮咛就能传送多远

你的境界能否消解
脚下小蹊的曲折　或是
天际星星的闪烁？

那些游客都在谛听
那些游客的身影倒映在你脚下
一尘不染的水中

（原载《诗日历》微信公众号 2019 年 9 月 13 日）

持灯者

_李云

因为　夜晚来临
路要回家
风要入睡
儿歌要唱起
你就该持灯前行

好浓酽的黑呀
流淌如墨 染到哪里
哪里就生出魑魅魍魉

你点燃心灯
一路走到亲人身边
灯光走到处
噩梦远遁
寂静安详

你侧身把后背给了寒夜
立掌呵护
一豆星火
在漫漫长夜
总要有人去做这件崇高的事

我不崇高我却愿做续火者
因为 你走在前列

（原载《人民文学》2019 年第 1 期）

喜欢木匠还是喜欢打铁的

_皮旦

天桥东南的空地上
每天都集合着邻近赶来的
等待招工的木匠
木匠最应该感谢房地产
他们的阵容反而比从前更强大
铁匠又叫打铁的
打铁的已经很难再见踪影
我自问，喜欢木匠还是喜欢打铁的
二者我都喜欢
我更喜欢打铁的
夜已经很深了
打铁的往往还在打铁
打铁的不用点灯
他们的劳动自带光芒

（原载《诗歌周刊》2019 年 7 月总第 368 期）

给……

_清心

安迪、安娜
我最爱的宝贝儿

春天
你们像花儿一样美丽
夏天
你们像凉风一样轻盈
秋天
你们像果实一样丰硕
冬天
你们像阳光一样温暖

白天
看到的是你们
天真烂漫的笑容
夜晚
享受的是你们
温馨可爱的美梦

一年四季
日月星辰
人世间所有的美好

在我的生命中绽放

因为你们
我忘却了所有的烦恼
因为你们
我放下了所有的恩怨
因为你们
我明白了什么是人生
因为你们
我得到了真正的快乐

安迪、安娜
我永远的宝贝儿

（原载《诗歌周刊》2019 年 9 月总第 374 期）

每一个人都曾飞翔过但不必炫耀

_ 佘林颖

一条月光的小路，在没有月光的时候
那种明亮，幽微，仍然是朦朦胧胧
通向心灵；在花开花谢的夜晚，风与水
在干旱的沙漠，思乡的人依然会梦见海子与大泽

有时是晴朗的夜晚，需要独自一人
才能听到沙沙婆娑的树叶，摇落雨水的声音

一个人无限等同于尘埃，才能察觉
银河摇落，大地倾向于安慰，无限低落的心情
有崇山峻岭，淡淡轮廓，撑起匍匐的陆地

一首诗需要添加一行或减少一行
这些都不是问题
问题是在睡觉前，可有一行诗歌撑开你的眼皮

在睡梦中，不知不觉
可有绮丽的色彩，由那些汉字的偏旁部首
一个逗号，在停顿的时刻
蝴蝶飞来

人间的苦，人世的辱
刀山火海，历经风暴与恐怖
——不必理会

一个人能不能飞翔，也不是问题
每一个人都曾飞翔过；很多时候，会有奇妙的感受
并非都是梦中；当另一个人与你合体之时
她会借给你，获得飞翔之爽的翅膀

有没有月光并不重要，重要的是
恍惚中，真的飞起来了
这种感觉，无需金风玉露，——很好
即如领会天地间的恩赐，掩藏心底但不必炫耀

（原载“博客中国”2019年3月7日）

三十根火柴

_宋烈毅

阴雨绵绵，他写道：
这是三十根火柴的三月。

有人在白天开灯，有人喜欢
擦火柴，擦一根断一根

他继续写下去：陌生人乘火车
带着笨重的手提箱
里面的小号嘹亮

这是喑哑的三月。他写道：如果陌生人到来
给他准备向阳的房间，让他感受南方的阴雨绵绵

给他准备寝具，给他的房间挂上三月的遗像
给他剃须刀，以及镜中雪

这是三十根火柴一齐回潮的三月。
最后一根躺在盒子里，被小号点燃，然后自动熄灭

这是三十根火柴坐卧不宁的三月
最后，他不得不写道："对于一根火柴
长长的灰烬，坚硬是它的表象。"

（原载《文学沙龙》微信公众号 2019 年 2 月）

离云海最近的肩膀

_王正洪

生活压弯陡峭的山道
山道上有一幅磨损不掉的女人的肩膀
骆驼的耐力，岩石的沉默
见惯了积雪，吹破的寒风
什么是苦，什么叫疼痛，不知道
石柱一样顶天立地
在树荫丛中在鸟儿的唱曲里
翻越大山
我曾以为她的内心有多么暗淡
应该有和着汗水的泪水
可她如山上的花草
具有一口洁白的牙齿和朴实的微笑
一句轻如布谷鸟的回音：不累，不累
惭愧了我们这些书生
所谓的城里人
上山难，下山更难
谁知道她扛过多少砂石、钢筋、原木
山谷里汲水，高山上种地
陡坡上建房
她有离云海最近的肩膀
像星辰，走遍群山
有时候又像拍打松涛上的海浪

宁静，怀揣着梦想

（原载《宣城日报》2019年3月29日）

传统与先锋

_徐春芳

弗洛伊德喜欢把梦
切成一瓣瓣橙子
艾略特在四月的手术台上
给传统成功地动刀
尼采当众杀死了上帝
凡·高的向日葵在田野里哀号
杜甫一辈子没写过海棠诗
可能他觉得，眼前的花
不是心中的花，不是心里的影子
惠能和尚不认得几个大字
可他播下了中国禅的种子
我乘船漂流在时光长河里
我在诗句上摆了两枚硬币
可能摆脱死亡的游戏？

（原载《樟卯诗社》微信公众号2019年第47辑）

向物而生

_张耀月

我要肢解万物的美
擅自寂寞和行走，在长坡的高处溶解
欢喜着误入自造的危险，催生万物的重组
比如天色和浮云的虚实对撞
比如泥土和河水的彼此孤立
比如多年以后打破流水，各归其位
开始听懂鸟鸣的缘由，在起点温暖地退回
用土生土长的时间简化生辰

开始坚信各种存在的方式
在覆盖的一支物种中裂变和重生
从南坡上紧紧地长到亲人中来
跟着涌动的潮汐复述，用我轻颤的生命
没有一把刀可以把光亮砍死
没有一种物种在天亮之前就迷茫
没有一个族群能阻止浩荡的凸凹
与光景争流，看阳光倾泻而下
只生一波，便耗尽了半生

以耕牛的不羁，换过妥协的镰刀
将大野无垠的庄稼顺势割了个精光
削去倔强的茬子，重植麦草和露水

凭着积蓄的金黄，生命一天天填满凭据

我必须将亮铮铮的月光分拣出来
不探究光阴的速度，我爱上轰烈的人间
我欢喜的波澜和曲折的身世
都是命运给予我庞大的奖赏

在接近自然的斜坡上，成为良善的一种
谁都存在无回音中，与万物不断地融合
向物而生，归于陨石嘶嘶

（原载《鹿鸣》2019 年第 5 期）

致贝尔

_赵宏兴

心头的凉意和今年的秋风
一起在这个下午到达
女儿，坐在我的面前抽泣着
说话诺诺着
沉重压得她喘不过气来
女儿，我们不说
“假如生活欺骗了你”
我们说，既然苦难来了
我们就不要怕
即使秋风背后是寒风

也是生活的一场淬炼
随之而来的那场洁白
是上帝送你的
最珍贵的礼物
女儿，你小小的手交替着
擦拭着泪水
我看到你的眼睛红了
我看到你的眼睛背后的那层光

（原载《清明》2019 年第 2 期）

蝴蝶之书

_梁雪波

乌云下的书店是忧郁的，如孤岛
——一只迷路的蝴蝶
闯了进来，在暴雨来临前的
短暂的晦暗中，飞过旋转的楼梯
和轻叹，在尖绿的竹叶
与黑色的书架间上下翩舞

它的翅膀比拂动的书页从容
对称的乐器，此刻绚烂
寂静如午后的阳光
——世界似乎并没有改变
所谓另一个半球的风暴
折叠在某本旧书的预言里
或深藏于宇宙一样幽邃的内心

很难说水面上漾动的波纹，真的
与你无关；那湖心亭的锦瑟

奏弄的芳菲，莫不是一个翕动的梦？
沉坠于时间深海的潜水钟
从久远的幽闭处升起，一种绽放的声音
淹没了奔逃的耳朵

哦，这幻念之美应当感恩于误读？
是否倾斜的雨线也只对应着空空的长椅
蝴蝶与书店：一场错误的相会。
被急雨打开的书，又被燕尾
剪断了章节，撑伞的人带走彩虹和花蕊
带走你植物学的一生

没有蝴蝶飞舞的书店，将是贫瘠的
犹如丧失了秘密的词
吊灯下，只有潮湿的文字绝望地发芽
只有雨水从四面八方汇聚，在这
阴翳的书店杀死蝴蝶的书店
只有一块生铁在雨中发出腐烂的光

（原载《诗刊》2019 年第 3 期下半月）

翻译

_路东

（总觉得这首诗以下的开头早已存在
把它写出来，也有翻译的意思）

开头 1：子虚翻译了乌有。这种事情
汉语人比柏拉图后裔知道得更早

开头 2：一代又一代不安分的日子
是从某种神话中翻译而来的
人们从没完没了的译注中打听身份

开头 3：鸟翻译了飞。有人先看见飞
之后，才从天空看见鸟的翅膀

开头 4：我写不好翻译这首诗的开头
翻译的行为，比梦游更难料定

开头 5：如同一些看上去语义确定的句子
它们译成汉语后，又节外生枝

开头 6：如同我从经典中翻译之乎者也
圣人的影子，从句子中散出幽灵的气息

开头 7：火从历史档案馆翻译出一堆灰烬
从钟表里，没人翻译出时间的秘密

（这些句子间一定有什么正在发生
也许，某人只写了开头，就不了了之）

（原载《扬子江诗刊》2019 年第 3 期）

独自在路上的旅人

_ 麦阁

一列火车
开往南方秋天

某扇飞驰的车窗内
一闪而过，我看到
茨维塔耶娃的《新年问候》
和自己低着的脸

我是独自在路上的旅人

午后车窗内我的身影
一会儿在阳光里
一会儿在阴影里

（原载《青春》2019 年第 5 期）

跨年诗

_祁国

又要让我
寄宿到一个陌生的家庭

但愿这个家庭
没有癌症病人
没有精神病人
没有瘾君子
人人有工作
个个领到退休工资

这个家庭
墙上挂着一幅
不是印刷品的水墨画
枕头下面
压着一本折着页码的新书
窗台上放着一把陈旧的口琴
或者一小盆鲜花
电视只能播放一个频道
天气预报

最重要的是
相互见面时

总是说太好了太好了
是的
房子的按揭
还剩一年就要还清了

（原载《诗参考》2019年30年专刊）

元旦之夜

_雪鹰

我们分床而眠
就像书法与诗歌
各自在自己的美学里
不分年份地变化
不分节假，或者日常

我们只关心句子
关心黑的深浅
白的纯净，关心纸张
和天空。山水田园
是我们梦中的天堂

我们在各自的床上
读诗，或者你钟爱的书法
有时候在一张纸上
他们也会完美结合，盖上印

成为兰亭序，上河图
或者诗书画兼具的美意
让人传颂，羡慕
那时的我们，简直是
艺术品。而这个元旦之夜
注定是诗歌，与书法
分床而眠的，开始

（原载《绿风》2019 年第 5 期）

我从我的对面向我走来

_ 张作梗

我从我的对面向我走来，
像是我行走时投放在前面的一面镜子。
我们相向走着，
动作有时奇怪地合拍，有时
相反得令人生疑。

我永远从我的对面向我走来，
但永远有一段距离横亘在我们之间。
我和我相向走着，
从不抵近，从未会合；
无限的接近中，我们从未说再见。

我们曾经擦身而过吗，就像

一对陌生人？而那个躺下就与影子
重合的人，是那两个相向走着的
人的替身吗？镜子夹在
身体之间像一个用梦做成的隔离带。

然而就算睡着了，我和我
依然相向走着——无限地接近、靠拢，
眼看就要重叠的那一刻，
镜子又将我们分开，推回到从前
各自的位置。

我从我的对面向我走来，永远向我
走来，——我加速走向我，
对面的我就消失得越快；
唯有夹在我们之间的镜子，像一个隔离者，
跳前跳后，从不消失……

（原载《星星》2019 年第 1 期）

汉字的发音

_ 子川

爱，读出来的声音
有点像叹息，也有点儿含混
似乎想说什么
又往后吞咽了一下

这就使爱的声音很轻柔

恨，用气下挫
音节短，有点硬，不能持久
似有某种躲避
也许怕声音一旦拖长
就恨不起来

快乐的语音有点拗口
烦恼的语气，有着厌烦的表情
伤心，前一个音节较长
伤到心为止
苦闷音节短促
收在鼻音上，闷得直哼哼

利润的发音有点滑腻
像勾人的妙女
专制的发音，卷舌，煞风景
专制与暴君同行

活，这个字
口形有点复杂，合口呼
上下唇合成阿 Q 没画好的圆圈
死比较简单，齐齿呼，细声
轻轻吐出，异常清晰

（原载《卓尔诗歌书店》微信公众号 2019 年 5 月 29 日）

栀子

_宗小白

我羡慕从一朵栀子花里慢慢爬出来的虫子
它们拥有一座芳香而洁净的房子
在雨后，那种朴素的幸福感
看上去多像从前，从一间老屋慢慢
走到阳光里的亲人

（原载“中国诗歌流派网”2019 年 9 月 9 日）

世界上只有我一个人

_阿钟

我感到世界上只有我一个人
厚厚的雪没有融化
阳台边沿垂挂的冰柱
插上了蓝天

只有我一个人
内心无法安详
人类的手臂突然从窗前闪过
我在回忆
在黯淡的阳光下回首往事

纷至沓来的脚步声
向着我的头顶倾泻
我一个人
站在大地上沉默

阳光下的人类突然涌现

我感到世界上只有我一个人

（原载《阿钟微诗集》微信公众号 2019 年 5 月 30 日）

海就在岸边船就在海边

_海岸

推开岸。无须选择
海就在岸边

阳光从街头浮向巷尾
树摇动风向
我读着自己。无数双眼睛读着自己
水拍打出一个个故事，没有封面

走出大陆地走出森林
抚摸岸头，掌心流过一阵起伏
我们去寻找那张蓝色的面皮

从岸边承租一条船，载坐几个自己
等待一个无风或有风的早晨
告别堤岸
有如鸥鸟展开翅膀
面向夕阳的归巢

推开岸。别无选择

船就在海边

（原载《路桥作家》微信公众号 2019 年 7 月 17 日）

顿悟研究

_李日月

我算了笔账：佛陀七七四十九天就开悟了
我用了七七四十九年
发现自己还在种树

像我这样笨的人不适合做和尚
甚至不应该路过一座寺院的门口
像我这样的人就算开悟了也只能憋着不吭声

就算松树推了我一下
我也只能去医院挂个眼科
就算大高粱不是小高粱，酒也能从甑里流出

也能流进没有分别心的兄弟的诗里
只要不开悟！
——即使我开悟了，我也只写诗。

（原载《天才会》微信公众号 2019 年 8 月 22 日）

扫墓

_陆渔

祖父母过世多年
扫墓变成了家族聚会
墓碑擦得像面镜子
叔伯们蹒跚的老态
正照着镜子里的自己
连咳嗽声都一样
侵吞了遗产的小叔叔
用提防的眼神斜过来
这眼神多么熟悉啊
那一年我赶走了创业伙伴

（原载《诗选刊》2019 年第 5 期）

阅读者素描

_叶青

你就是飘零，是鱼竿空垂的一个雨季
你是核桃树下，从残卷中寻索奥秘的那个人
透过蠹虫蛀蚀的第九章，看清澈的无知
如何被安置在这个夏天。水的波纹在
一轮皓月中延伸，晃动的峰峦与河流在倾斜
滑向支离的黄昏，和山岗后潜伏的狮子

它潜伏着，却随时准备撕咬，或涂抹
一个人的一生。但这也没有妨碍你安然读书
你，还可以更消瘦一些吗？你能轻盈地
走在荨麻、雏菊，或时间的幻影上，仿佛
那是吱嘎作响的舞台，正演绎一出只凭
改变页码顺序，就能重组新生涯的悲喜剧

那是你孤独一生所积累的运气，也是你
从自己眼中攫取的光明，从噩梦中解救的
镜子般的春风。看，那些书页自己翻动起来
像是被回忆的飞尘所惊扰，那羽翼丰满的
语言，更像被一阵嘹亮的鸽哨带到天边
带到遗忘的低压气流中。遗忘即心灵

即渐冷的檀香木灰烬，它穿过袅袅长风

在世界的瓶底重现。它道破了天命
与一抹余晖交换伤痕，却再也无法愈合
但这也没有妨碍你缓慢地掀开下一篇章
这未完待续的黑夜的颂歌，这踏碎一地
枯黄的马蹄声，以及它移动星辰的力量

（原载《城市诗人》2019 年夏季刊）

浩荡的塘河

_殷刚

在皖西的村寨
炊烟是呼吸
新绿是土地返老还童的容颜

大别山的水从涓涓细流到浩浩汤汤
精准地流进每一条沟渠
呼应着节气

植物每年焕发一次青春
树木越长越葱绿
村子里的人越活越老

成群的喜鹊擅离职守
麻雀在城乡分割线上来回跳跃
捍卫着彼此的势力范围

废弃的村落空荡荡
老屋不由自主地昏聩
往事不痛不痒被时光解构

瓦松在记忆中脱落成泥
墙皮松懈
年轻人去向不明

（原载《泛艺术》微信公众号 2019 年 5 月 4 日）

今夜，我们在一起

_ 郁郁

今夜，在火车新客站的身旁
年过半百的我
梳理着由黑到白的头发，惆怅的心绪
三十年前，默默匆匆相送的情形，依稀浮现
那个背负历史烙印的春夏时节
烦躁、愤懑，像一匹拼命挣脱缰绳的野马
劝君更尽一杯酒，西出阳关无故人
国家一痉挛，人民便抽搐

今夜，河东河西的老伙计
相聚在陆渔兄弟热情洋溢的酒局
你一言我一语

句句似佳肴，声声入心坎
苏州河上从没断桥
黄浦江上的轮渡，来来往往
说什么友谊的小船说翻就翻
难忘啊，今夜有诗为证

（原载《撒娇诗院》微信公众号2019年5月22日）

火车头

_阿毛

每个书店都有
一只可爱的猫

和几段并不
符合调性的音乐

我揭下终将
换下的新书海报

在黄昏的
鸡尾酒会开始时离开

步行下楼
向东走三个小时

去看了郊外

一处废弃的火车头

（原载《红岩》2019年第2期）

故乡哀歌

_龚纯

去拜祭父亲的路上，碰到一头
在河坡下独自吃草的牯牛，它抬起巨大的头颅
跟随我转动。
它大概十分惊异，忘记了拔蹄而行。
它哑默着，安详地透视我
大概忘记了喉咙里，还有自己的语言。
没有语言，它也有自己的世界：又是一年春草绿
它的身体在膨胀。
这温热的寂寞畜生身上，似乎有着无穷无尽的
未能把握的代表性处境：相似性档案馆。
它是关键词，是索引。它是沉重
也是焦虑。它是远，也是近。是温柔，也是气息。
是记忆分崩离析的部分，也是怀它的子宫
半部尘土灵魂。
透过它，我看到肉体的感情被焚毁，被埋葬
棺椁上人类的造像。整座乡村寂静，再无广大畜力
奔行于野，往昔时光中沸腾的人们
壮怀激烈的身影与弱小的标签
已在地下沉寂。
春光给了所有的平原与川谷，就在我们转身、驻足的地方

如同生命，恋情，它们在有望中到来
最后在无望中道别，离开。

（原载《棉花与布谷》微信公众号 2019 年 4 月 11 日）

谷雨

_荣光启

我的一生终将纠结与你
从前我多么寻求自由
现在
我渴望与你的关系
我希望你牵绊我

漫长的季节里
那么多的寒潮、热病
在不断地袭击我们
而我们依靠忍耐而得胜

这不断挣扎的春天
听说即将结束
要到来的是
一个叫谷雨的季节
我满心喜悦
因为你带给我的热烈
早已降临

（原载《匠直播》微信公众号 2019 年 4 月 20 日）

我的夜晚好于我的白昼

_田晓隐

如意中路卧在雾中
黄昏，我像一把钝刀插入雾中
雾有吞吐之意，始终离我三丈开外
我欲进，雾后退。向我推出
路边的铁匠铺、药铺、茶楼、酒肆
在雾中，忧伤是一味中草药
倚在门槛上的人统称为店小二
他们无所事事的白昼好于我辗转反侧的夜晚
当雾最后向我推出天桥和车站
这所有路的尽头
白昼如同一碗久搁桌面的凉粥
而黑夜即将来临
乳白色的雾被吞噬
灯火将高档住宅区和城中村一一举出
招牌上红色的字体血痕般凝固
我把自己从雾中抽出
有钝刀划过肉体的缓慢和沉稳
伫立站台，这所有路的起点
未知的苍茫。我的夜晚好于我的白昼

（原载《诗刊》2019 年第 6 期）

雪后经过农场二分场

_向武华

在农场新建的养牛场晒场上，堆满了草料
这正是四喜、斑鸠、鸲鸽（也就是八哥，我更
喜欢在诗中称她为鸲鸽）、麻雀成群结队在这里
嬉闹、欢鸣、追逐、拉屎的原因
甚至湖边的牛背鹭也在周边徜徉、扇动翅膀
黄牛沉闷地站着，同远处厚雪覆盖的麦地保持默契

我在乡镇食堂喝了一点谷酒，让没有喝酒的年轻人
送我回城，经过二分场时，我谈起过去的经历

这些渠沟，我们挖过
这些速生杨已长成碗口粗，是我们栽的
至于养牛，并不是一件容易的事
我们坚持过三年，一无所获
除开对牛栏、草料的气息十分熟悉
我更愿意闭口不谈

这有些像下雪，被雪盖住的事物
已经深不可测，回忆有点灰暗
言说绝对是词不达意，何况我还喝了几杯

（原载《扬子江诗刊》2019 年第 2 期）

死亡是不应该被打扰的，唯有写一首诗来铭记

_小布头

电影里的女兵，正静静地
走向黎明，走向死亡

她们多么美哦，大眼睛的少女热妮亚
身材诱人的丽达小妈妈

森林里水草漂浮于池塘
魔鬼潜藏水底，仙女正脱去身上最后的抹胸
在湖底，她们娇美的四肢如春天的树枝
幡然醒来

死亡是不应该被打扰的
在夜场回家的路上，我骑在父亲的肩膀上
为此，父亲会放慢脚步
轻轻地，背着我绕过回城小路的小坟岗

那里沉睡着黄皮肤的张小红、李卫兵、陈云霞
她们在一场集体流血事件中倒下
她们不是战神，却穿着一身裹住少女轮廓的
肥大戎装

而冬夜繁星像灰烬里的灰烬

堆砌战栗的静物
寂静，孤立而庞大

（原载《长江丛刊》2019 年第 8 期）

我的园圃

_张洁

我的园圃，
不会长久寂寥，但会荒草丛生；
我的树木，不会一时凋零，
却可能结不出果实。
爱，有时太过度，
有时嫌不足，
这给被爱者带来的亏损，
也是爱者的亏损。
——在爱里，不存在零和游戏。
无论我付出什么，
我赚取的都是
自己的生命：
正的，或者负的；生，或者死。

（原载《汉水文学》2019 年第 1 期）

桂林山水

_ 宾歌

我看到的山，患着洁癖
整个下午，它们在雨中沐浴了三次
山势陡峭，互不勾连
没有一山踩着一山

漓水清浅，有时白，有时黄
描摹出石头本来的颜色

我看到的桂林
山峰孤傲，流水清贫。路过它们
我仿佛是多出来的一颗沙砾

看不见的尘埃，雪一样葬在低处

（原载《诗刊》2019 年第 8 期下半月）

摇晃

_胡平

一些事情在不经意间发生
传播它们的耳朵在不经意间听到
牙齿与舌头合作，共同制造一个谎言

一些谎言在时间的盒子里睡觉
它们忘记了自己是谎言

一些时间在不经意间脱落
医院里，医生们忙着修补破损的器官
有人坐在夕阳下
耐心地拼接记忆的碎片

一个词语在不经意间爱上另一个词语
它们结伴而行
在一首诗中找到温暖

一首诗如同一间房子
安放着纯真的童心和孤独的灵魂

一些人说没就没了，他们会去了哪里？
而一大堆真理被挂起来，在风中使劲摇晃

（原载《意渡诗界》微信公众号 2019 年 7 月 25 日）

马托方向的夕阳

_解

狂奔的落日与我赛跑，不肯与箭镞吻别

昨夜的窗帘
如儿时的露天银幕
上映一部关于雷电的黑白电影
地球被推入毛囊的深渊

树，孤零零
枝丫上，鸟窠孤零零
端庄让一切多余，又恰到好处

我不知如何形容
月亮的心灵
谁改变了万物的光和能？

电影的结尾：大地被烤焦
鱼儿在河里烹熟，无乳的日子伤害太阳的白

（原载《湘江文艺》2019 年第 2 期）

寒蝉

_李不嫁

暮色已有了凉意
树林里，一只蝉仍吹着口哨
这些自带发声器的族类
每一只，都用尽了力向青天请命
我想它应已惧怕
一阵紧似一阵的秋风
像软刀子，架到脖子上，逼它们闭嘴
我料想这老去的声音
应有所松懈，像心有余而力不足
像完成使命后，如释重负地
长舒一口气：唱完这支歌，我就要飞走了

但你听！一只蝉叫了
沉寂片刻，另一只也叫了
从各自的隐蔽处，所有的蝉
都开始回应，声嘶力竭，如夏日幸存的火焰

（原载《诗选刊》2019 年第 2 期）

山居

_刘起伦

车到山顶已是傍晚
风，鼓荡每个人雀跃的心
千里的波浪线奔涌入眼底。暮霭里
群峰谦逊，拱手作揖，仿佛四海之内的兄弟
我们下车，徐行，感受净界不可多得的清凉
不远处山居人家，是今晚的归宿
一阵人间的香味飘来
夹杂出尘的清愁
不用说，也知道生米正走在熟饭的路上
白云那么低
轻易就把人间的炊烟接走

（原载《草堂》2019 年第 1 期）

七夕情史

_罗鹿鸣

垂髫之年，站在田间地头
天空伸手可及穹顶
举起胳膊可以舞动银河
牛郎织女相会，我无动于衷
一场伟大的爱情
男女老少都是见证人
北斗星，一颗最大最亮的星星

不惑之年，站在大街小巷
天空变得混沌不清
银河的白帆已经沉沦
牛郎织女的故事，我麻木不仁
天上人间的爱情
包裹着沉重的黄金
北斗星，早已黯然断魂

知天命之年，站在珠穆朗玛
天空怀抱着一群神灵
脚印清晰的银河浩渺无际
牛郎织女的传奇，浴火重生
凡尘仙界的爱情
都需要清风明月的浇灌

北斗星，指出了正大光明

（原载《阳光》2019 年第 9 期）

与一只猛虎对视

_梦天岚

与一只猛虎对视，
你会看到它眼中的裂纹，
若走近一点，
你还会看到不屑，愤怒，甚至哀伤，
裂纹因此成为渊谷。

若退一步，你会看到自己，
你只有哀伤，它那样单薄，
却还要站在恐惧的前面。

（原载《城头山文学》2019 年第 3 期）

清明

_ 谢晓婷

清明是大家伙儿的，你不能侵占微雨
独霸悲伤。悲伤也是大家伙儿的
你不能说来就来说走就走
你不能一个人，湿漉漉就回家
那一岭暮色，还很盲目
被炮仗惊吓的鸟兽们，还未除去眼中的惊惶
对亡人的问候，也还不曾明朗
你不能厚此薄彼，伤了草木们的心
不要怕江山旁落，卖刀的都是异乡人
怒马绝尘，天下太平
剩下的山水，是诗歌的未亡人

（原载《佛山文艺》2019 年第 8 期）

独处

_叶菊如

1

芦苇愈发高大。一动不动的黑天鹅
突然举起翅膀
蹭了蹭黑夜一样的脖颈
慢慢地穿过草地……

在一截坡岸蹲久了
那一小块黑夜，会背到我身上

2

苍茫是因为三角梅举出浩瀚的花朵
而风匍匐在草叶深处——

不是我制造的这语境
我没有什么可以应和

3

黄昏，就是我说的这个样子
唯有寂静
唯有鸟群

我的宿命：看山看水

看远处的星光和灯火
看一个人在低处把现实分成了两个

（原载《诗刊》2019年第8期下半月）

刘通湾，一个剥毛豆的小女孩

_朝颜

石砌的门槛
一个坐在门槛上剥毛豆的小女孩
两只扎着彩带的羊角辫
几粒赖在下巴上不肯被吃掉的饭粒

关于刘通湾
还需要记住些什么呢
当她害羞地低下头去
仿佛整个宇宙都在对她微笑
仿佛全世界的人
都想变成一只毛豆
躺在篮子里
等她剥去毛茸茸的外壳

（原载《诗潮》2019 年第 9 期）

白夜行

_程维

我心光明，何惧于黑暗
不就是一群乌鸦遮住了窗口
阻挡了一阵太阳，它的屁股
着火了，也变不了凤凰
不就是夜晚时分，大伙都睡了
万物都假装昏迷不动
好像被绑架了，不就是
瞎子戴着墨镜装酷
走在老街上他谁也看不见
还怨别人没注意到他
不就是一块破布蒙住眼睛
一时找不着人都藏哪去了
没准一下就露出破绽
不就是电影院关灯两钟头
观众故意沉浸在另一个世界
仿佛把自己搁到抽屉里
不就是地铁在隧道运行
一站又一站，中间全是黑的
乘客都在光天化日下打盹
不就是一个黑伙计半夜下班
走了几条街也没被人看出来

他再走几步，天就亮了

（原载《读诗》2019 年第 1 期）

在城里种房子

_陈修平

城里的土地
不欢迎庄稼
而喜欢生长房子
因为，房子是
效益最高的经济作物

老家众多乡亲
放弃在自家田里种庄稼
也去了城里帮人种房子
从农民成为了农民工
他们深知，庄稼长得很艰难
得按季节按习性慢慢地长
而房子，可以顺着人的想法
不断拔高

所不同的是
在温软的土地劳作时
他们感觉很踏实
而在高高的脚手架上

总有点惴惴不安

（原载《海燕》2019年第3期）

我画了一只水鸟的理想国

_樊健军

我画了一只水鸟
我画了一只水鸟的理想国

我画了秋天枝头的柿子
我画了暮色里的白鹭

我画了女人的唇
我画了她们的战栗，窒息，和涌动

在隽水河畔，我画了什么
我就是什么

我画了愉悦，光，深沉，以及幻觉
我画了赤裸的双脚

我画了光，我就是光
我画了赤裸，我就是赤裸

当我转过身，忽然听见

寂静在我的骨头里大叫

（原载《绿风》2019 年第 4 期）

母亲

_ 林珊

即使有那么多人说
我长得越来越像她
可是我依然没有秉承
她的好脾气
没有像她那样——
一生只爱一个人

（原载《长江文艺》2019 年第 3 期）

神从不担心自己

_卢时雨

一座寺庙，建在悬崖边
我担心：万一泥石流山体滑坡怎么办

我问小沙弥，小沙弥说从没这样想过
问老和尚，他笑而不答，仿佛和他无关

不必再问菩萨了，他们从来不会担心自己

（原载《诗潮》2019 年第 1 期）

戴水莲

_水笔

我猜想戴水莲

可能是一个动作
一个女人
将水莲花戴在头上
或胸前。可是
她为什么要那样做呢
我不知道
今天，我路过银三角
看到戴水莲三个字
当时，我正在听天籁迦音
春有百花秋有月
非常好听的女中音
她唱道
不染浊尘性本空
无心如是利有情
那奇妙的声线
让我想起我的母亲
她的名字中也有莲字
年轻的她
胸前开着两朵水莲花
养活我和兄妹
父亲病倒后
她常常手捧水莲花
在暮色四合之际
站在窗下诵经

（原载《低诗歌》微信公众号 2019 年 5 月）

旧火车

_王彦山

曾经，它们团结如钢
以不容商量的口气
黑着脸，驶过华北平原上
我的村庄，我的童年
因此有了久久的不可平复的
隐秘的激情。它们喘息着
在我家最远的一块地边上
停了下来，阳光下，闪闪发亮的煤
拥有了自燃的勇气，养蜂人和他的蜂箱
在酝酿春天的蜜，军绿色的卡车里
坐着表情坚毅的战士，他们全副武装
仿佛正在奔赴前线，它们咆哮着再次上路
喷吐着黑烟，抖动犀牛般有力的屁股
消失在地平线上，一个农村少年神启般地
完成了对远方的自我启蒙
那是 20 世纪 90 年代初夏日的一天
他的启蒙，借助一辆怪脾气的旧火车完成

（原载《天涯》2019 年第 4 期）

岸上的石头

_渭波

这个冬天
河流不再拍击船只
犹如一片破旧的帆

那些爱过水的石头
已经上岸
拦住鞠躬的枯柳
众多事物的皮毛和风声

它们用发冷的时光
迁移多余的棱角
在倾斜的天空下
使直立的雨点打滑

大地苍凉
我止步于
一块石头的裂缝
和它难以触摸的内伤

（原载《诗刊》2019 年第 1 期下半月）

拐点

_ 雁飞

一如四季轮替、时间周而复始
我们是不是需要
一个个既定的拐点

一如拥有这种无意识的自然规律
丢掉法律和命令
我们也如时间
自觉地转动

当集体有意识约定俗成
人类生生不息的宏愿
是否，便接近于功德圆满

我深信不疑
当我们最终醒来、全部醒来
我们都被照耀、相互照耀
我们看见了光
自己就是自己的日月星辰

（原载《诗林》2019 年第 1 期）

留下镇

_C言C语

白石老人说，我要留下小虫、小虾
悲鸿却说，我要留下一匹马
吴先生说，留下江南的小桥流水元青花
朱耷，给了他们一人一个白眼

隔壁的邻居说，水墨太水，我要留下一堆油
苦禅什么都不说，他要留下一只鹰眼
留白说，看看你们都留下了些什么？
可真能折腾啊……

不折腾的留白
留下了一片白

（原载作者新浪博客 2019 年 8 月）

山西沁源：三线记忆展览馆

_黄亚洲

既然一声令下，那就，嘛也别说了
带着满脑袋的曲线、公式、电容与电阻的串联图
带着满身的青春甚至青春痘，带着
理想、热血、口琴乃至初恋
甚至，来不及跟天津与北京好好说声再见
就一头扎进了太岳山
在松树与桦树的中间，摆下床头柜
拧开月亮

在森林里支起机床，并不去数脚边窜过几只野兔
马达彻夜轰鸣，与野猪的惊奇此起彼伏

小组会发言，全是革命、祖国、备战、奉献
下班打球，一个远距投篮，有时候
就击中了云雀

搪瓷碗，盛满沁源的庄稼
牙缸杯，咕咚咕咚全是沁河
今天我观察黑白照片上那些不倦的笑容，还能听见
当年山风的凛冽

记下当年的厂名吧

4542 厂是卫华仪器厂，1010 厂是长虹机械厂
1013 厂是沁河机械厂，1027 厂是东升器材厂
1018 厂是晋东器材厂，1011 厂是人民器材厂
1029 厂是开源线材厂

写下这些严肃的厂名，我却已经热泪盈眶
太岳山至今郁郁葱葱，该都是当年的青春染的吧？
沁源满山鸟鸣，都是二十年的轰鸣留下的余音吧？

三线，其实就是中国的第一线
“嘛也别说了”的城市年轻人，其实，全都是
中国尖刀班的勇士
国家各个年代，不都有这样一批“傻子”吗
他们投来的一只远球，至今，在我心间的篮板上
仍是，砰一声巨响

估计
也该投中了

（原载《解放军报》2019 年 6 月 28 日）

在苍南福德湾明矾厂故址

_柯平

三百米多一点的老街
八百年少一点的历史

曾经是国家的净化中心
每家水缸里都少不了它
工业时代已经过去
民国风格的小铁轨
输送的也已是旅游商品
只有烟囱代表过去岁月的高度
在游客的照相机里依然耀眼
采矿区、居住区、炼矾区
咖啡馆、时装店、民宿
联合国文化遗产保护奖颁下时
为唐公朱师勤做肉燕的技术
亦已天下闻名，因为他知道
这个时代不需要明矾
即使它曾经是全球唯一的
也是最大的，时间的力量
温情而残酷，一种生存方式
终将为另一种生存方式取代
而我站在那里，不知所措
除了感慨，敷衍，除了说
“肉燕和明矾
都是这世界上的好东西”
实在想不出更深刻的话

（原载《诗刊》2019年第2期下半月刊）

林中读书的少女

_梁晓明

纯，而且美
而且知道有人看她
而更加骄傲地挺起小小的胸脯
让我在路边觉得好笑、可爱、这少女的情态
比少女本身更加迷人

少女可以读进书本里去，也可以读在
书的旁边、读在树林、飘带似的小河，一辆轿车
也可以读在我这半老男人注意的眼光中

唉，少女，多可怜的年龄和身体
娇细的腰，未决堤的小丘和
疑狐未婚的心

少女纯白的皮肤让人心疼，而且她还读书
而且还在林中，
而且还骄傲地觉得有人在看

哪怕我走了，她还骄傲地觉得
有下一个人……

（原载《诗立方》微信公众号 2019 年 6 月）

有诗为证

_慕白

我们约定二十五年为期
那一年，你不许老去，我也要还活着
我们再也不分离，哪怕日子贫穷
一无所有，就守在一间茅草屋前
看轻风抚摸小草，听雨声呢喃
阳光在我们面前一寸一寸
一厘米一厘米，一毫米一毫米地
慢慢挪动，等天全黑了
也不让星星搀扶月亮回到屋里
我依然全听你的
虫鸣不懂时间之苦
允许整夜弹唱催眠曲

（原载《诗歌月刊》2019 年第 6 期）

江南路上的香樟树

_荣荣

江南路上的那棵香樟树旁
始终有人站着

似乎是同一个人
独自消磨着久远的大段时光
身上有枝叶的恣意和暗香

至少也是相类似的
像为了什么事而接力
那些有关意义的游戏?

一个人路过他们
许多人路过他们
只有我看到了那份笔直的耐心
像一截枯木挣扎着绿意

只有我想与他并肩而立
伪装成滞留在人间的
一个年老的天使

（原载《诗刊》2019 年第 6 期 上半月）

刚被种下的树

_桑子

整个世界都黑暗下来
人们把我抬到了坡下
众多尘土在一缕新鲜的阳光里打转

根须们在颤抖：我们要团结起来
北风有抽皮鞭的本事
清凉阴下，铁锹发出咯噔咯噔的声音

我们的话语来自不熟悉的苦涩和夜晚
来自各自的局限
他们把我们的灵魂装进了永恒的容器

他们在中午时分，双手插在裤兜里，走了
没风的时候，世界就像从石头里雕刻出来
嗅到了从根系里渗出的明察秋毫而不说

（原载《作家》2019 年第 8 期）

爱和雨水

_天界

大雨从天而降。大雨中充满期待——
那些事深藏着雨水
如一条飞鱼
注定一场场大雨中完成美丽的传奇

相安无事的人，谁会在雨中奔跑
你看大雨有时粗暴
有时是那么细腻，那么深刻
你看银线一样的雨水
有时挂在天幕
有时在一个人长长的睫毛上

夜色从来如此
而大雨会改变河流的方向
我们把窗户打开，就会听到雨水的声音
甚至听到雨水在心尖，在体内
热烈拥抱的呓语

（原载《民族文学》2019 年第 3 期）

夏日

_赵思运

梅格掉进池塘里
尸体鼓鼓的
捞出来
搭在阳光下的石磙上

三爷爷绰号叫老鼠
在村头的树林里
讲妲己和纣王的故事
三奶奶抽着烟
骂了他一句老不正经

两岁的外甥
抱着西瓜啃
西瓜水流了一肚皮
顺着小鸡鸡往下淌

约莫半个时辰
梅格嘤嘤地哭出声来

（原载《青岛文学》2019 年第 3 期）

白昼提灯者

_巴客

他在喧闹的街市行走，他提着灯盏，
他的脊背是赤裸的，没有人
能够看清或者留意他的面目——
在白昼，光亮耀目得
像坚硬的铁轨。

他是谁，他欲何为？没有人
在意他来去的踪迹，他所带的灯盏
也照不出他的影子。日复一日
他提着灯盏穿过街市。

在白昼，在天空下，提灯的人
莫非是被神遗弃的使者？
他从来处来，他往去处去，他的天空下
也许从未有过我们。

一天又一天，我们盲目而绷紧的面容

怎能吸干黑色的白昼。提灯的人
也许会在我们的身体里行走。

（原载《一意孤行》，百花洲文艺出版社 2019 年 6 月第 1 版）

钟声

_顾北

孤独和烈酒一样，仅有一片落叶
陪我整个下午的无言
也不是不可以，抬头就望见五老峰
年龄比我都大，沉默比我长久
也不是不可以，铁门外“叮”一声
谁来信了，只是我懒得离开座椅
——不用拆开，信是写给过路的秋风
内容我也略知一二
一是，你最近还好吗？
二是，啊我忘了你是谁……
这包藏祸心的虚无
这一生最放荡不羁的狂念
秋风过境，一阵又一阵
大地推动巨石……

（原载《异乡人的黄昏》微信公众号 2019 年 1 月 23 日）

酿酒过程其实就是与大地秘密交流

_林忠成

遗失在乡间的这壶酒
我喝过　父亲喝过　爷爷喝过
远古的祖先喝过
不能让它失传于民间
让倒了几千年米酒的粗瓷酒杯干涸
酿了几千年酒的酒坊荒凉
等于中断了祖先血脉

父亲把我叫回老家
手把手教我酿造工艺
从配酵母到掏酒娘
最关键一点是
要像伺候坐月子的乳母一般

酿酒经过其实就是与大地秘密交流的过程
语言从生涩到甜蜜　浆液从冰冷到温暖
丰收偷偷地在水果内发酵　涨红了脸
这种幸福在茂密枝叶间进行
最后浆液溢出语言之杯　与乡邻分享

（原载《扬子江诗刊》2019 年第 1 期）

维修

_林传凯

只想继续安稳工作，在从容与紧迫间
找到未知的认同
而这次，它隐藏很深
使双手污渍。连写字，都蘸满晦涩
多么脆的一声“咣当”
使轰鸣的生产车间一片沉寂
扳手悬空，意念也悬空
这样的错误和诱因，像闷哼或长啸
从心底炸开，从暗哑蔓延，从困顿挣脱
省去猜测、疑虑、化疗。机器多幸运
换了个器官，马上就生龙活虎
刚接到医院确诊通知
如果，他
是一束光，一束迷蒙的光
会不会忍心凿向隐蔽的下料托盘口
发现齿轮磨损得：绝望，宿命，不甘心
不作声

（原载《泉州文学》2019 年第 1 期）

汗血马，倒毙在南方街头

_刘伟雄

这些马中极品　驰骋在历史中的尤物
居然在热闹的南方　倒毙在工程车的钢铁之下

看这则新闻时　吉尔吉斯斯坦的客人又送来
一匹国宝　估计这不可能放入民间
像这匹被流转倒卖　离开草原

一直难以想象这褐色的骏马　走在街头
在钢铁的洪流中是一种什么样的气象
他们适应这个空气吗　他们的草料
应该不是汉堡和薯条吧
他们会不会想起草原就会落泪
他们在水土不服中是不是会有越狱的冲动
我们已经不得而知　流转的时光里
即使再会嘶鸣　它也不可能奋蹄飞奔
这些水泥森林林立的路障将遮蔽
所有回乡的路

卸下工程车上的黄土　这些新挖的土质
倒是可以给它筑一丘新坟
汗血马　留在战场和草原之外的

异乡

（原载《草堂》2019 年第 4 期）

非常小的事情由蚯蚓来做

_卢辉

非常小的事情由蚯蚓来做
非常暗的路
蚯蚓义无反顾
想回家，说给一条蚯蚓听
没脚没骨
没拐杖

蚯蚓的路，比针眼宽，比马路长
比钢筋直
云雾难得一见
兄弟
四通八达

剩下是地里的事，锄头的事
老农的事
地要刨多深，苗就怎么长
蚯蚓都知道。一整个夏天
蚯蚓待在地底下

不怕鬼敲门

（原载《海燕》2019年第6期）

清心帖

_吴常青

我再次感觉身体内的草狂乱生长
没有绿意，没有风安抚

真想把自己放逐
像一只轻盈的梅花鹿
越过黑黝黝的林木
隐入大块大块暮色苍茫中

一个有洁癖的人
无法随心所欲洗濯自己
你不难想象我垂头丧气的模样

只看见北溪、西溪两条大河交汇
只听见瑞竹岩的月亮浮现水面

（原载《闽南风》2019年第8期）

坐享夜的腹地

_ 庄伟杰

当落日　沉入波心
阳光倏然失语了
星光和灯光拥有了话语权
我开始依偎在夜色的怀抱
展开灵魂探险之旅

坐享于夜敞开的腹地上
我应诉说些什么或寄托些什么
当目光与星光及灯光相遇
那些羞羞涩涩的心事　渐渐
发芽 在一页页光芒里

隐约地　我看到自己的美梦
还有伤痕　连同深藏大地的往事
在扩散中充满传奇色彩
难以复制　不可复制

（原载《绿风》2019 年第 4 期）

天问台

_陈贵根

我无法揣测
你心中究竟蕴藏了什么
那么坚韧
在海底生根
使劲生长
一点一点
三亿年
就是为了离天更近

选择在湘西
远离了繁华喧嚣
远离了凡俗
这是人间最适合祈祷的净地

现在你已头顶青天
脚下是万丈深谷
四面虚无

退路纤弱如脐带
亦可切断

万籁俱寂
上苍俯首附耳
而天问台
却哑然无语

你把自己坐化成了一朵莲花
与肃穆的群峰
与远处半坡上的吉斗瑶寨
和飘在虚无中的云雾
融合在一起
成了这里最美的风物

注：天问台位于湘西州德夯大峡谷中，相传屈原曾在此问天并写下著名的《天问》。

（原载《诗想者》微信公众号 2019 年 6 月 14 日）

家祭后

_ 大朵

一年多了
不知父亲在那边过得好不好

母亲说弟媳问了仙
父亲骑着一匹黄马
时常赶集
与邻居相处和睦
过得自在

我问，父亲怎么回到
以前的年代
弟妹们不是给他烧了汽车吗

母亲苦笑着说可能他
不会开

（原载《民族文学》2019 年第 1 期）

生活在继续

_ 非亚

生活在继续，无论它是爬上一个斜坡
还是面临一个巨大球场的虚空

它需要不停地滚动一只铁环
用一根铁棍
在一个水平面上连续向前

看哦，乌云正密布在天空

大雨就要赶过来撕裂这个沉闷的下午

我们无知的生命，犹如泥土里的一只软体爬虫
全然不知响雷，即将愤怒地滚过天边

那床头发皱的衣服，那颗碟子里勇敢的心
用四肢赞美它的无畏吧

言词撞击着混凝土的墙壁
渴望一次又一次洞穿一块两厘米厚的木板

在我们一起经历，一起目睹它变幻不定的人世
虚空的铁盒，装着我们冰凉的眼球

也装着矛盾，犹豫，反复
无法放置平稳而不断自责的一对玻璃小球

（原载《扬子江诗刊》2019 年第 5 期）

额尔齐斯河与其他河流没有什么不同

_刘春

是的，她与其他河流没有什么不同
尼罗河，刚果河，恒河，亚马逊河
密西西比河，伦敦河，湄公河，黄河
以及很多偏远得没有名字的水流

都是一样的
一样孕育生命，一样热爱土地
一样滋润村庄，一样吞没天才
当人类在她身边漫步，交谈，争吵，分手
或者妥协，拥抱，做各种交易
她一样看在眼里，一样发出智者的微笑
当季节更替，她一样有虚荣的流盼，有固执的坚守
如果亚伯拉罕·林肯般伟大的灵魂出现
她的胸膛一样会在夕阳下散发金色的光芒
甚至她和我们每个人一样，有喜怒哀乐，有生老病死
有莫逆于心的小幸福，有无处申诉的大冤屈
唯一不同的是，她比我们更纯粹
比我们更孤独——
当所有的河流奔涌向东
她静静地，一个人，往西而去

（原载《西部》2019 年第 1 期）

外婆

_ 卢鑫婕

药片是吃不完的
疼的时候吃，呼吸不了的时候吃
百无聊赖的时候，也得吃
你从骨瘦如柴的手指上取下银戒指
放在我的手心，上面是一朵花的模样

爱开玩笑的老太太，道别却说得这么认真
“外婆要和你们说再见了。”

画面裂成碎片，变成了割人的玻璃
在每一次经过医院的时候
在每一次看到穿着蓝粉色护工服的阿姨时
我总是把脚步放得很慢，我怕他们突然回头
我怕看到让我熟悉的面孔
像从前那样和我打招呼
“今天又来看外婆了吗？”

（原载《诗刊》2019年第8期）

将来的事

_吕小春秋

每天，他早起。
读经。祷告。出门。
教会的事。弟兄姐妹的事。
婚礼。葬礼。生日。乔迁。
精神病人。抑郁症者。癌症晚期患者。婚姻濒临破灭者。
今天早上，是一封非洲来信。
一个埃塞俄比亚小女孩，六岁。
她只有五枚小小的硬币。
她想在世界上建一百所教堂。
她说她快要饿死了，可能明天

也可能后天。
他折叠好来信，小心翼翼，置放在上衣里袋。
他决定下午出一趟远门。
将来的事，小女孩知道，他知道
教堂的顶尖知道。

（原载《广西民族报》2019年8月30日）

坚韧的石头照亮雪山

_周统宽

坚韧的石头照亮雪山
鹰的利爪抓出太阳的火花
当石头直立成碑
它的冷
水一样柔软
绕过我温润的手

想说的和不想说的
都不用说了
刀锋冷静
你们温两壶小酒

我也冷静下来了
鹰擦亮雪山的扉页
碑文是最后一本

不用书号
独立出版的
献给大地的毛边清样

（原载《华声晨报》2019 年 5 月 2 日）

我的雨水带着咸味

_巴城

这个下午的雨
越下越大，越下越密
天色暗下来，地上一片汪洋

在雨声中
我读了一首经典的诗
我想起了一个远去的人
往事仿佛是一部黑白电影
时而清晰，时而模糊

在雨声中
一首老歌循环着
雨水从我的脸庞悄然滑落
经过嘴唇的时候
我才知道，我的雨水带着咸味

（原载《岁月》2019年第2期）

活水之一

_韩亚辉

我无法想象
这块土地的苛刻
令人诧异、窒息
黑墨四处飞溅
打开了四个方向

就是这一刻的觉悟
让泉水涌一会儿
腾起的浪花
飞溅，飞溅

谁又测得出
这土地的尺寸

（原载《周郎日记》微信公众号2019年8月17日）

兵马俑

_韩庆成

出发的命令始终没有传来
当最初的帝王
无力地耷拉下征伐的手臂
你们就一直这么站着
站成今天的模样

数千年的沙尘
掩埋了仍在立正的队伍
如山的军令
阻断了阳光月光
掠夺了冬雪春雨
直到生命的最后时刻
也没能听见，你们应该发出的
那声悲怆的嘶鸣

不再思想的军人
便只能作为陶俑
与石化的战马一起
供人观赏

（原载《北京文艺网国际诗歌奖》微信公众号 2019 年 8 月 19 日）

台上种花题款

_冷阳

细雨下了一夜。甲辰日己酉年
月令朦胧，霜露春早

庭院中的茉莉开出黄酒和香气
幽以班得瑞山谷中一声赞羡

春秋怀才的施父，抚琴廊亭
台上绽开种花的题款

题款一用正红盖顶，颂唱八度音
节气之后，音律像玫瑰的童年

题款二用青衣裹身，举杯邀剑影
母仪如归，月出范蠡故乡宫阙

题款三用生而有为，府山多蓬勃
神谕的蜜，径溪上羽翅起形

题款万物台上的般若，“请停留一下”①
请将花，给彼此深信的人

注① 浮士德语录

（原载《海南日报》2019 年 3 月 24 日）

远方在哪里

_李孟伦

一枚秋叶走进了冬日一抹夕阳
有多少人知道我的远方在哪里
湿润的晨雾贪婪在大地的床沿
迟迟没来得及掀开自己的睡帐
三五成群的鸟儿相互飞出幽谷
让翅膀划过天空留下一串禅语
挂在黎明的树梢上让来人参禅
而我却在一线阳光下出生入死
在一片荒原的大地上种植自己
上千年了从来没有离开过大地
在风中被黄尘吞噬了的肉体啊
让太阳点燃在一只小鸟背影下

（原载《诗日历》微信公众号 2019 年 9 月 13 日）

在夜里耕种白日

_ 林江合

在夜的种子里我们
被解读
在白日我们
被播下
从漆黑的土壤我们
向下生长
穿过照常升起的太阳
大海
被叫喊淹没
光线的眼角膜不知所终
革命后人们
被死亡沸腾
夜的深渊
有一头鹿
被阳光接生

（原载《凤凰网·海南频道》2019年9月8日）

岁月

_明梜

荨麻草飘摇
忧伤在屋檐的白瓦上
得不到任何诠释
古老的岁月寂静
墙寂静
我寂静

生长多年的野草
双眼空幽地凝望夜空
它们依旧没有被褥
不会有风，不会有雨水

我甚至无法谛听到
它们流泪的声音

（原载《三亚日报》2019 年 3 月 25 日）

海瑞故居

_南岛

挨在红城湖畔　就像我挨着先生
四百多年了　总还先于人间　知湖水的冷暖
碑廊　清风清　摸一摸廊柱　脊梁骨　还在
透过青竹窗　仿佛回溯大明的一片青天

淳安　兴国　应天府……四百多年
百姓积攒下来的泪　雨水足
堂前　青草青　屋后　青竹青
从来都是　从春天里来
从来都是　从春天返回春天

（原载《海南日报》2019 年 2 月 24 日）

一块鱼从 A 地前往 B 地

_ 衣米一

一块鱼离开一条鱼从冰柜里出来
裹上一个保鲜袋
外面又套上一个保鲜袋
一块鱼进了旅行包
然后上了和谐号列车
一块鱼从 A 地前往 B 地
从 A 地到 B 地需要两小时
一块鱼离开一条鱼它去旅行
在旅行中它渗出血水，变软
开始苏醒。隔着袋子
我触碰到它从里往外冒出的冷气
冰凉，无言，凝结成泪珠
一块鱼彻底苏醒了
该怎么办。它不完整
挨过刀子，又被困于
方寸之间。它既不能游动又没有海

（原载《三亚日记》微信公众号 2019 年 5 月 26 日）

我把愿望放在你那里

_ 波儿

写给尊敬的广东省中医院副院长张忠德先生

摸一摸手腕上的脉搏
听一听胸腔里的声音
招牌的眼神，微笑
招牌的安抚
指尖滑动着，漂亮
如花朵绽放的字
轻柔温软却能撬动灰色的沉重
就像扯去阴霾的阳光

棒棒哒，我说
我可以在你那里把心放下
不要怕，没事儿，你说
有我呐，很快就好哒
你的眼中泛着童稚的光
看得出那淡淡的光

是那么柔软，那么仁慈

终于，我在你那里
过了一个小小的夏天
再熟悉不过的字，如花
铺成绿荫下的小路，蜿蜒
平静，让我踩着梦
轻轻地走，拈花浅笑
告诉所有人
我已把愿望的全部
放在你那里

（选自《我把愿望放在你那里》，花城出版社 2019 年 3 月版）

在精神病院散步

_郭金牛

女儿喜欢
蜻蜓、透明的翅膀
在自来水公司的水面上，练习轻功
风波微小

祖国。刺客潜伏。
鱼们，尚在幼年，呼吸均匀，嘴唇柔软
它们不曾伤害过人类

十九床，不曾伤害过人类
称流水为姐姐
认小鱼为朋友。

神，离位，乱走
至阴雨绵，至游人散
至
国家少了一个人

死去的人，都会待在地下
活着的人，
生活在祖国的省，有人轻度咳嗽。惊雷藏于
体内。

康宁医院，现世安稳。

（原载《诗歌周刊》2019 年 4 月总第 353 期）

人间百年

_黄惠波

1918 年的祖父对孙女说：
“切记总要，
和每个遇见的人说话。”①

2018 年的孙女对祖父说：

“切记不要，
和每个遇见的人说话。”

①美国女诗人伊丽莎白·毕肖普（1911—1979）的诗作《风度——献给1918年的一个孩子》里的诗句。

（原载《特区文学》2019年第2期）

以血性之光照亮前路

_冷先桥

假如某一天
我一身短打扮
跨下是一匹雪白的蒙古马
头戴斗笠，腰佩长剑，手握酒葫芦

我是闻着酒香而来的
在前世，我们曾逐鹿江湖
丢光了好多美好的事物
竟然忘记停下马来
喝上一坛老酒。欣赏一回美景

在今生，我们终于可以惬意地饮上几回
将浮名利欲灌入酒盅
没缶可击，就敲酒瓶子吧

一样可以高歌，可以狂欢，可以仰天长啸

（原载《四川诗歌》2019 年夏季卷）

尼罗河

_李立

好的河可以不是世界第一长河
可以不是印第安人心中的“月亮的眼泪”
可以清澈，可以浑浊，可以急缓有度

好的河应该有生命，有自由游弋的各种鱼群
有筑坝为家的河狸，有占河为王的河马
有潜伏了几千年的尼罗鳄

好的河必须能养育生命，常常有狮子
豹子、水牛、角马、羚羊、狒狒、长颈鹿来饮水
能成为食肉动物的狩猎场

好的河的上空是蓝天白云
有白鹭、雄鹰、秃鹫、猛隼和小麻雀
或优雅，或仓皇，或无忧无虑地飞过

好的河能容得下绿树绵延千里
也容得下飞沙走石的沙漠，不见人烟
它都不慌不忙地流淌

好的河5至8月河水要定期泛滥上涨
淹没两岸，为的是把肥沃的沙土
送给水稻、小麦、棉花、椰枣等作物享用

好的河的入海口，必定是漫无边际的绿洲
生长庄稼，生长人口，生长村庄和城市
生长耻辱，生长荣耀，生长爱恨情仇

（原载《辽河》2019年第4期）

空

_刘郎

你离开时留下的脚步声
又陪了我一会儿。

然后，下雨了。

父亲在他的房间里看电视，
母亲已经睡着。

她下午的时候还跟我说
想起老家的某个老姐妹了

现在肯定已经见上面

在她的梦里。

我不知道我在干什么，茶杯空着
虽然也感觉到渴意，但我没想着要倒满它

空也是一种哲学。

像镜子一样，
我待里面但完全感觉不到自己

（原载《诗歌周刊》2019 年 8 月总第 372 期）

乌云密布压到了地

_ 王小妮

月亮偶尔挤出来
立着，寒光挑开众猛兽。
云的厚皮被剥落
嚯，有黑有白。

从古到今，每年每月
那耀眼的复仇者占据制高点
在人不可接近的地方依旧伤人。

乡村里有人走出
月亮正被遮住，他紧跟着灭了

多骨头的脸上有青光
两只粗手下沉
满满的提的是乌云的肉。

今夜我出门在外
深一脚浅一脚
不得不穿过众多失血的尸体。
乌云里藏着刀哦，想不害怕都不行。

（原载《诗收获》微信公众号2019年7月18日）

清明季，夜里也听不见叹息

_谢小灵

你们是有问题的，
血管不再流血
你们的血管里已经没有血液流淌
你们的眼睛里再也不会飞上泪花
你们的嘴角没有微笑。
不理会手中的清茗
不干预世事
像水珠中的石头，多少烟云播种收获所有的次序都已放下

一点水你们都不喝。我再也叫不动你们来吃饭
你怎么看月光？你们晒月光的形式已经和我不同
我们防风防雨防台风的时候，我已经不为你们担心

你们像那些教养好的人，已经戒酒，还戒了烟
你们像世上最勇敢的人，背负着青草石头和泥土
哦，你们多么不像一个人
多少年过去了？
这件事实我至今不愿意公布
这一天在为亲人点名时
我把你们一个一个地喊出来
然后我自己在心里帮你们
大声喊，到。

（原载《诗林》2019 年第 2 期）

被一把刀刺中

_徐敬亚

一小块钢，静静躺着，伸了伸懒腰。
它把无数只手，从最边沿处向外伸，不断延展，再延展……
它的手指越伸越长，越变越薄，越变越没有——
一片清脆的响声，它的手触到了另一只手。

那是针尖的山，生命最后边缘。
半坡是神，半坡是鬼。
一条最细的线，顶着喉咙。
阳光照到刀脊，突然一顿。

光停下来，一条干涸的河床突然被照亮。

一股温热的腥味猛烈传来……

惨叫声传出的时候，刀子立刻站住了。
站在声音的最高点。它不该那么快地进入一个物体的内部——
好像一只船突然切开波浪。
连在一起的肉，向两边分开。它，紧贴着挤了进去。

头朝下，脚向上，斜挺着，它一动也不敢动。
一个突然撞倒了柱子的人，被迫
顶在那里，充当临时的和平。

一个细小的出口泄露了一切，血慢慢流出来。
血，并没有被改变，它只是改变了流动的方向。
所有的器官还是原来的器官，只是它的内部容纳了一小片钢。

（原载《浙江诗人》微信公众号 2019 年 6 月 11 日）

香妃墓

_张况

圆圆的香妃
活在方方的紫禁城里
她扁扁的初恋
夹在一部厚厚的野史里

宫帏冷冷
遮不住香妃轻轻的一抹愁绪
一页薄薄的传说
漂浮在喀什人浅浅的酒窝里

习习凉风
吹开淡淡诗意
愣愣的诗人
叩问漠漠光阴
那里面静静躺着的
可是香香的香妃？

（原载《绿风》2019年第1期）

时令

_郑小琼

用力猛烈地切割开钢块，这丰腴的肉体
装饰的工业欲望的春天在机台上绽放
从齿轮间溢出黑色的伤口，钢块转身
铁质的星星在灰天空，春天被长铆钉
生锈的地球上，被光腐烂的月亮脱落
我赞美秋分或者春日，它们沉言默语
夏日满脸尘垢站在开发区的楼群
货柜车穿过冬季灰蒙蒙的黄昏
炉火的蓝焰焚烧，保留着秋日的

沮丧、焦虑、疲倦……时令闪亮于
灰烬间，磨损的光线、身体、机台
为流逝的时间保留古老的痕迹
唯有锃亮的制品读懂我迟钝的苦涩
春日伸出一段嫩枝，鲜嫩的肉体
被点燃，为重复航行的时令
为密封在车间的青春，为卷曲的铁片
为无处可依的漂泊，为路边无名的花朵
在油腻的机台的焊光里，我将生活夺取

（原载《诗刊》2019 年第 7 期上半月）

编后记

_韩庆成

编完今年的“北京卷”至“广东卷”，徐、韩版《中国诗歌年选》，已经走过3年。

被我以“颠覆”指称的中国网络诗歌，走过了整整20年。

这是史无前例、波澜壮阔的20年，也是饱受争议、毁誉参半的20年。

事实证明，最早的中文网络诗歌，都与美国有关——1991年，E-mail类型的“中文诗歌网”在纽约出现。这个由中国留学生创办的“网”，用今天的标准看，还算不上真正的“网络”，但它在人类历史上首次实现了不通过纸张等实物，而是静态电子页面+电子邮件的虚拟方式，传输中文诗歌的创举。1995年3月，旅居美国的安徽芜湖籍诗人吴阳在美创办中文诗歌网刊《橄榄树》，1996年开通《橄榄树》网站，人类第一次可以通过网址登录来阅读中文诗歌，中文诗歌网从此诞生。1996年，范倍、胡马等在四川绵阳创办《终点》民刊。1997年，范倍通过供职于电信公司的友人，在美国申请免费空间，建成“终点”文学网站，成为首个由中国内地诗人在美国搭建的以诗歌为主要内容的网站。

1994年，美籍华人朱威廉回到中国，于1997年12月在上海创办中文原创作品网站“榕树下”，中国本土第一个文学网站诞生。

1999年，范倍主编《终点》网络诗歌月刊，2000年在“乐趣园”网络社区建立“终点”诗歌论坛。《终点》宣告了传统诗歌媒体一统天下时代的终结，这是一个时代的终点，也是一个时代的起点。

1999年，还发生了几起网络诗歌事件。重庆几位诗人创办了《界限》诗歌网刊；北京师范大学研究生李永毅创办的“灵石岛”诗歌资料库网上线；大型网络社区“乐趣园”在上海诞生，随后几年，一千多家诗歌论坛建于它免费提供的网络空间。在中国网站用户平均逗留时间排名中，“乐趣园”曾经位列第二，每天访问量超过4600万，同时在线人数平均超过万人。

1999年，因而成为狭义的中国网络诗歌元年。中国网络诗歌运动的序幕正式拉开。

一场对传统诗歌的颠覆，也由此开始。

在中国网络诗歌第一个20年的尾声期，两位诗歌网站创始人担当了《中国诗歌年选》的编选工作。从2017年到2019年，我们都把网刊、论坛、网站、微信、博客等网络诗歌平台作为主要的选稿载体，同时也没有忽略相对为数不多的纸质载体，力求让选本有着更广的抽样视野。花城出版社也以前瞻性的包容眼光，支持编选者的这一追求，使选本受到各种诗歌平台的广泛关注和读者青睐。

在这个历史悠久的选本中，读者可以分明感受到扑面而来的新鲜气息。相对于其他年度选本的诗歌作者而言，这本书中有更多的新面孔，并且每年都在变化。相对于其他年度选本诗歌语言的范式化而言，这本书中的作品语言更注重创新求变，更多表现出“个体先锋性”。同时，我们还尽量杜绝晦涩的作品，以“直白的诗意”为审美要旨，致力于打造一本看得懂、可回味、有享受的网络诗歌时代的纸质年选。

本书延续前两年的编辑体例：以省级行政区划分卷排列，每卷收录的诗人按拼音排序。今年的各地组稿人为：安海茵、安琪、爱松、曹谁、陈红卫、陈跃军、敕勒川、大枪、导夫、董辑、方文竹、高亚斌、宫白云、黄亚洲、贺中、李不嫁、刘春、刘涛、南鸥、彭志强、三色堇、唐诗、唐成茂、唐江波、王士强、潇潇、雪鹰、郁郁、张二棍、张洁、张无为、张晓雪、张智，感谢他们在本书初选过程中的辛勤付出。

2019年9月15日于海南